Ciel

my
Life
my
Style

文學的滋味 / 韓秀著. -- 初版. -- 臺北市：
　臺灣商務, 2013.07
　　面；　公分. --（Ciel）
　ISBN 978-957-05-2843-5（平裝）

855　　　　　　　　　　102010743

Ciel
文學的滋味

作者 韓秀

發行人 施嘉明

總編輯 方鵬程

主編 葉幗英

責任編輯 王窈姿

美術設計 吳郁婷

出版發行：臺灣商務印書館股份有限公司

編輯部：10046台北市中正區重慶南路一段三十七號

電話：(02)2371-3712　傳真：(02)2375-2201

營業部：10660台北市大安區新生南路三段十九巷三號

電話：(02)2368-3616　傳真：(02)2368-3626

讀者服務專線：0800056196

郵撥：0000165-1　E-mail：ecptw@cptw.com.tw

網路書店網址：www.cptw.com.tw

網路書店臉書：facebook.com.tw/ecptwdoing

臉書：facebook.com.tw/ecptw　部落格：blog.yam.com/ecptw

局版北市業字第993號

初版一刷：2013年7月

定價：新台幣320元

韓秀◎著

文學的滋味

臺灣商務印書館

1784年出版的手繪《古希臘劇場》。底圖：作者於1996年8月攝於雅典古希臘
劇場。古老的石壁上懸掛著當時正在上演的節目海報。

緣起

內心的寧靜告訴我，從今往後，歌聲與詩意將永遠伴隨，永遠繚繞。從今往後，人生再無寂寞二字。

　　從來沒有將希臘神話只是看作文學的緣起之一，從來沒有將那許多在奧林普斯山上逍遙著的神祇看作巨大權力的掌握者。一向和現代希臘人一樣地熱愛著這些可親可愛的神祇，因為祂們和我們一樣有著凡人的長處與短處，有著凡人的七情六慾。祂們絕非無所不能、無所不知。祂們勇敢、頑強，卻也有著諸般無奈。祂們聰慧、睿智，卻也時有失誤。祂們樂善好施，卻也善妒善猜疑。現代希臘民眾雖然信奉東正教，但是心中的父兄、姊妹卻是諸神。

　　二十世紀九〇年代，有幸在希臘駐節三年，這個遍地神蹟的國度。抵達雅典不久，我們就到了德爾斐。那是一個晴朗的日子，太陽神神殿遺址附近並沒有太多的遊人。我的先生 J 興致勃勃向小丘上走去，建議走近一點看看那著名的古希臘競技場。我謝了他，跟他說，

德爾斐太陽神神殿與古劇場

想在神殿裡多停留一會兒，便原地未動。他笑著，帶著相機，走遠了。我看著他的身影在坡道上大步前進。此時此刻，巨大的神殿廊柱之間只剩了我一個人，清風拂過，我聽到了悅耳的語聲，看到了俊美的容顏，巍峨的肩膀上披著雪白的衣衫。內心的寧靜告訴我，從今往後，歌聲與詩意將永遠伴隨，永遠縈繞。從今往後，人生再無寂寞二字。人類創造出的文學與藝術將以各種方式生動起來，鮮活起來。不再只是印在紙張上的文字，或只是畫面，或只是影像，而是會從平面上自然而然地延伸出去，站立起來，走進我的生活，成為我的生命的一部分。

J回來了，他疑疑惑惑地看著我，「我走了只有短短十五分鐘，妳好像變了個人似的，神清氣爽的。發生了什麼事嗎？」我輕鬆回答：「與阿波羅聊了一會兒。」J停頓了一下子，順著我的口氣問道，「祂看起來還好吧，我說阿波羅。」我笑了，「噢，很好，像一位有問必答的兄長。」

此時此刻，風中似有樂聲，那是什麼？J問，四處張望。那是阿波羅的琴聲。我愉快地回答。

從那天以後，我的書寫便有了一個完全不同以往的氛圍，呈現出

德爾斐太陽神神殿部分遺址

在倫敦維多利亞與愛伯特博物館藝術
書籍圖書室

雅典萬神殿衛城城牆與劇場銜接

一個全新的風貌。

　　我們常常在路上，在移動中，從一個地方到另外一個地方，人們稱之為旅行。我卻知道那是造訪，是對視，是傾心交談，是相知相惜。

　　二〇一一年初夏，是最近的一次，再訪歐洲。

　　在倫敦，自然會思念莎士比亞（William Shakespeare）、王爾德（Oscar Wilde）、奧斯汀（Austen）與狄更斯（Charles Dickens）。莎

士比亞環形劇場（Shakespeare's Globe Theatre）裡面的人與事與物帶領著我飛越時空。而貝克街上則風景依舊，福爾摩斯神采奕奕，正在壁爐前冥想。倫敦麗池飯店則不斷地提醒著世人鐵達尼短暫的過往，以及在英倫與紐約之間震撼人心的一百年。震撼人心的還不只是鐵達尼，還有一些書信，一些雅致的出版品，還有人際之間幽遠、深邃的情愫。

在巴黎，自然是懷想巴爾札克（Honoré de Balzac）與蓋朗德（Guérande），懷想普魯斯特（Marcel Proust）與貢布雷（Combray），甚至會思念曾經住在巴黎的海明威（Ernest Hemingway）與費茲傑羅（F. Scott Fitzgerald）。去看望羅丹（Auguste Rodin），但是心卻在巴爾札克身上，熱切地想與他討論一點寫作上的問題。看到了，聊得十分愉快。於是，巴黎變得真正美好起來。

造訪與對視之後是書寫的二〇一二年，非比尋常的一年。回憶生出了翅膀，一些人帶著他們的故事飛越大西洋來到紐約與華府。回憶與現實交織，譜寫出新的奏鳴曲。

但是，在內心最深處，有一個美麗的地方，那地方，那裡的人群，那親切的語聲讓我歡喜，讓我流淚。我能夠無止無休地思念那裡的夜景，那裡的晨曦，那裡的陽光，那裡的風雨。讓我與這塊美麗的島土骨肉相連的便是文字。在整個世界上，我僅僅與這塊島土上的人們使用著完全一樣的文字，那值得整個世界無比珍惜的一種古老而又年輕的文字。

於是，人與人，人與神，人與文學，人與藝術之間的造訪、對視、交談、思念最終化為文字，被寫了下來。

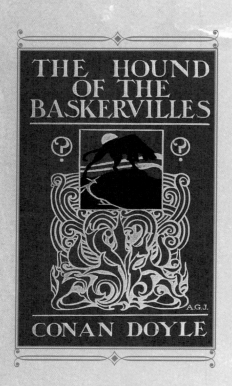

A page scan of cover of The Hound of the Baskervilles illustrated by Alfred
Garth Jones. Image courtesy of Wikimedia Commons.

我的神經因為這懸疑的氣氛而變得很緊張。把菸頭一
扔，手握著我那只左輪手槍，迅速地走到門邊，我朝屋
裡探頭一看，裡面空無一物。但一切跡象都顯示我沒有
找錯門，確定一定是那小子住過的地方。只見一塊防水
布包著幾條毛毯，放在新石器老祖宗睡過的石板床上，
在一個粗陋的石框爐灶上還有一堆燒過的灰燼，旁邊還
放了些廚具和半桶水。至於那堆亂七八糟的空罐頭，更
可看出這地方確實有人住過好一陣子。當我的眼睛習慣
於屋內幽冥的光線後，我發現在角落有一個金屬小杯
子、半瓶酒。在石屋的正中央，則有一塊平平的石頭被
當成桌子使用，上面鋪著一條很簡單的帆布， 無疑就
是我用望遠鏡看到小男孩肩上背的那卷布包；裡面有一
塊麵包、一罐牛舌和兩罐水蜜桃罐頭。

——〈岩岡上的人〉（The Man on the Tor），《巴斯克
威爾獵犬》（*The Hound of the Baskervilles*）。

請問，福爾摩斯先生，您吃什麼？

我覺得，我已經離福爾摩斯很近了，他就在不遠處，揮舞著手杖，大步流星地走著，不時嘴角牽動，露出一個稍縱即逝的微笑。

　　與福爾摩斯先生（Sherlock Holmes）一道消磨過很多的時光。早先，有翻譯得很差的中文本，福爾摩斯與好朋友華生醫生之間那許多幽默睿智的對話全都被省略掉了，只剩下了乾巴巴的「案情」。但是，那些案情本身也有著相當的吸引力。於是，在後來完全沒有書可讀的歲月裡，透過講故事的活動，我在豐富著這些案情發展中的空隙部分，讓它們更加細膩、曲折，更加驚人。故事講完了，我那飢腸轆轆的身體一再地追問我一個問題：妳講了半天，福爾摩斯果真料事如神，但是他畢竟不是神，他是一個活生生的人啊，他也得吃飯，那麼，他吃些什麼？

　　他吃些什麼？我怎麼知道呢？新疆兵團大伙房的鹽水煮白菜無法回答這個問題。維族老鄉的乾奶酪可能在某個地方有所接近，但是，依然不可能是正確答案。

　　終於，回到了美國。因為喜歡福爾摩斯，因為喜歡英國演員 Jeremy Brett 的精湛演出，於是買了全套的《Granada》影集來看，更不肯放過公眾電視台播放的重量級懸疑偵探影集。果不其然，福爾摩斯注射古柯鹼的鏡頭常有出現，卻看不到他吃什麼。與案情有關的人物和華生醫生吃得不亦樂乎的時候，福爾摩斯總是臉上掛著莫測高深的微笑，酷酷地坐在那裡，菸斗在手，一味地吞雲吐霧。更平常的是，好心的管家哈德遜太太進房來收拾餐桌，福爾摩斯的早餐根本碰也沒有碰過，於是，哈德遜太太將盤盞收拾了，一路埋怨著、搖著

頭，離開了。

福爾摩斯總不能只靠菸斗、毒品和靜坐來維繫生命吧？他總得吃點兒什麼。我和哈德遜太太一樣，忍不住心痛起來。

終於，回到了書本，英文本以及最新的在台灣出版的中文版《福爾摩斯探案》都沒有忽略任何細節，細心的讀者終於看到了福爾摩斯的早餐盤裡有著炒蛋和火腿。沒有看到他動手來吃，只能想當然地認可這兩樣食物加上咖啡，大概是我們的大偵探延續生命之食材的一部分。

The Sherlock Holmes Museum

終於，來到了倫敦。陰雨綿綿的五月底的天氣。從攝政公園往南漫步到約克門，在皇家音樂學院停留了一下，這就轉身踏上著名的馬里波恩大道。這條大路的有名之處在於有著極為密集的高雅住宅，這些房子都具有喬治王時期的建築風格。外子 J 很興奮地介紹給我聽，我一味地回答說，好啊，好啊，有點心不在焉。我覺得，我已經離福爾摩斯很近了，他就在不遠處，揮舞著手杖，大步流星地走著，不時嘴角牽動，露出一個稍縱即逝的微笑。我忍不住加快了步伐。忽然，就在十字路口，出現了一個小小的牌子，黃底黑字，一隻左手的食指指向右前方，下面寫著 221B（221B Baker Street）。我的心跳加速，抬頭看，可不就是貝克街了嗎？我拉著 J 就向右轉，好像聽到了馬蹄得得，福爾摩斯大叫一聲，車子在對街停住，福爾摩斯一個箭步上了車，華生醫生提著藥箱緊跟著也上了車。福爾摩斯用手杖敲了敲車棚，馬車迅速移動，晃眼間不知去向。眼面前是長長的隊伍，排在 221B 的門前。這裡已經是福爾摩斯紀念館（Sherlock Holmes Museum）。門前一位倫敦地方警察的士官控制著參觀人數，一面好脾氣地回答著訪客們千奇百怪的問題。

我站在隊列裡，等著 J 到隔壁買門票。訪客們談到《血字的研究》（*A Study in Scarlet*），談到《四簽名》（*The Sign of the Four*），談到《巴斯克威爾獵犬》（*The Hound of the Baskervilles*）……。我只是注視著這個有名的門口，覺得門開處，就會走出那個睿智的天才，步履匆匆，奔向一個神祕的地方。

終於，我們走進了這個窄窄的前門，進入窄窄的前廳，走上窄窄的樓梯。門開處，便是福爾摩斯和華生醫生的起居室、客廳和餐廳，十分的狹窄。壁爐的大小卻和在美國的無異。我就想到倫敦的潮濕和寒冷。福爾摩斯盤腿坐在壁爐旁邊，皮圈椅上散亂著紙張，他就那麼直接地坐在那些紙張上，雙手指

尖相觸，閉目沉思。他身後不遠處的角落裡，就是那張讓我十分關心的餐桌，厚重的織花窗緯緊挨著餐桌。哈德遜太太鄭重其事地保持著貝克街的風格，蕾絲檯布、同款餐巾、銀質餐巾箍、燭台、鮮花、光可鑑人的咖啡壺，一應俱全。餐具只得兩份，福爾摩斯與華生醫生的座位各據一邊……。

　　那亮晶晶的餐盤罩下面的炒蛋千篇一律，福爾摩斯在無案可辦的日子裡對這樣的食物怎麼會有興趣呢？我悄悄地跟哈德遜太太說，福爾摩斯先生祖上是法國人，他對美食先天上就已經有著一些需求，您那份炒蛋大約只是加了一點鹽和胡椒調味，怎麼會好吃呢？哈德遜太太睜大眼睛，炒蛋就是炒蛋，還能變出什麼花樣嗎？英國人吃了幾百年，不是都好端端的沒有什麼意見嗎？我跟哈德遜太太說，雞蛋打散之後，加一點牛奶。不要用普通的鹽，更不要用胡椒，只用一點松露鹽來調味，這炒蛋便有了普羅旺斯或是西西里的風味……。噢，天哪！哈德遜太太輕聲驚呼。或者，只放一點點普通的鹽，順便加上一點點切得極細的蝦夷蔥，那炒蛋也就比較容易入口了。順便？噢，我的天！哈德遜太太滿臉驚詫。我便知道，福爾摩斯先生早餐中那份炒蛋是怎樣的淡而無味，忍不住歎息了。

　　J 看我站著不動，便走過來一探究竟，我跟他說，除了炒蛋需要改進，這每天都來報到的火腿，也不是什麼好吃的東西。在桌上放了一會兒之後，就更加冷而且硬，用刀子切起來，都頗為吃力，更不用說去吃它了，「義大利火腿就好得多了，咱們維吉尼亞州的火腿也挺好……」我的話未落音，就聽到了帶著濃厚義大利口音的英語正在我們身後響起。回身一看，來自米蘭的老朋友 B 正笑咪咪地瞧著我們。一陣熱烈的貼面禮之後，B 先生輕巧地轉換說法，「敝人家鄉之火腿用來做早餐，大約也不是十分妥貼，可不知貴寶地的火腿有著怎樣的特點呢？」我便跟他說，「早餐用培根還是比火腿合宜，不管什麼地方的火腿。」B 先生和 J 互相打量了一番各自的身材，臉上都露出了

些微的不以為然。

「培根只需兩根，紅色洋蔥只需兩片，中等大小的番薯只需一個，再加上一些經過改進的炒蛋，正好可以做成兩份早餐。」我看著 J 和 B，兩位都面露喜色。我跟他們說，這樣的早餐，福爾摩斯與華生醫生也是不會拒絕的。

「願聞其詳。」B 先生率先開門，我們回到了貝克街上，坐進了一家咖啡店，捧住了一杯滾燙的咖啡，我便不疾不徐地講起來。

B 先生早先也曾駐節雅典，是外交圈裡頗受歡迎的人物。他不但是有名的美食家，而且喜歡身體力行，我只要稍作說明，他就能做出這盤菜來；「番薯是好東西，去皮，稍煮一下，切成小方塊，與細絲狀的紅洋蔥和煎過的培根碎片同炒……」B 先生馬上想到，炒這幾樣東西，黃油比植物油討喜。J 當然知道這盤菜是很好吃的，他比較擔心調料，生怕萬一沒有說清楚，B 先生回家照方抓藥，豈不是麻煩？B 先生老神在在，豎起一根食指，笑說：「讓我來猜上一猜，這樣的三樣食材放在一道，嗯，恐怕是越南人用來對付小炒的調味醬比較的合宜。」說罷，像小學生看老師一樣緊張地瞧著我。我跟他說：「不愧是外交圈裡有名的美食家，真有兩下子。我請你喝咖啡。」B 先生笑了，「學了一道有意思的菜，理當交學費。再說，這個店可是義大利咖啡館，老闆不會收你們的錢。」果真，站在櫃檯後面的老人家已經呵呵地笑了起來。

從咖啡館暢亮的大窗戶望出去，灰濛濛的天空之下，有著一些市招，這些市招的一半都是 Fish & Chips。真是難以想像，據說，每一個英國人每天最少要吃一次炸魚和炸薯條。想想看吧，無頭無尾無刺白生生的一條魚在麵糊裡拖上一拖，放進熱油裡面炸上一炸，怎麼會有滋味呢？就不能加上一點薑絲、一點酒，蒸它一蒸？就不能加上大蒜紅燒？就不能澆上奶油來烤？不成，英國人就認准了這一味菜，吃上多少世代都不厭煩。啊，那滾滾的炸油經過處理還變成了「汽油」，可以用來驅

動汽車呢。可見這道菜在英國的耗油量之巨！真正讓人灰心。

外子 J 努力鼓舞我們的士氣，甚至悠悠地提醒我們，就拿《巴斯克威爾獵犬》這個段子來說吧，福爾摩斯、華生醫生和亨利‧巴斯克威爾爵士曾經在旅館中共進午餐，吃了些啥，書中可是一字未提呢。他並未灰心，終於發現福爾摩斯潛藏在沼地，有個忠誠的孩子給他送食物。在狂風暴雨的陰慘天氣裡，那種食物自然也只是為了活命而已，不會有啥好滋味的。待華生醫生終於找到了那個藏身之地，於是我們知道，那些食物的內容包括一塊麵包、一罐牛舌肉、兩罐水蜜桃……。

連這樣的食物都會好過炸魚炸薯條嗎？我忍不住笑了。一向樂觀的 B 先生也露出了一抹苦笑。但是我們都感謝 J 的努力。

我終於想到那些泥濘之路尾端出現的小小的鄉間客棧，在陰雲密布的天氣裡，在騎馬或是坐車的長途勞頓之後，出現在洗刷乾淨的木頭桌子上的一罐香噴噴的食物，比方說「罐燜野兔」之類的美食。那可是我們常說的「工夫菜」。這隻洗淨瀝乾的野兔先要用美酒、香油、洋蔥、漿果、月桂、迷迭香好好地醃上一夜，第二天將這些已經有滋有味的野兔塊放進一個有著肥油和煎好的培根的陶瓷大罐中，與冬蔥、芹菜、胡蘿蔔、百里香、西洋芹、小月桂、鹽和胡椒再好好地燉煮一番，這才香氣四溢地端上桌來。我們忙著追蹤兇手的大偵探這才能好好地吃上一頓飯。

「關於這罐燜之法，我們要好好地討論一番。」B 先生正色道。

我們站起身來，與櫃檯後面的義大利老人道別，悠悠地走向一家著名的酒吧。華燈初上，這酒吧就在泰晤士河邊上，真正是風光無限。外子 J 在燦爛的燈光下細細研究酒吧門口張掛的菜單，我和 B 先生站住腳步等他報告主廚介紹的招牌菜，只聽得他叫了一聲：「炸魚、炸薯條！」便鬨然大笑起來；B 先生也笑了，是那種典型的義大利人的酷酷、陰陰的壞笑。

細說烹調

一、炒蛋的改良 —— *Scrambled Eggs*

炒蛋,應當是最簡單的早餐之一部分了,多少年來,很少有人認真地改進它。台灣的菜脯蛋是十分好吃的家鄉味,許多到海外定居多年的台灣人常常會想念這道簡單、好吃的早餐。

不用菜脯,不添加其他食材,炒蛋還是可以成為一道非常好吃的點心。重點在兩樣東西,牛奶和鹽。牛奶會使得炒蛋蓬鬆,富口感,加味鹽則會帶給炒蛋特別的香味。

將兩個雞蛋打散的時候,不需要用力,輕輕地,就可以了,絕對不要將雞蛋打到起沫。加入八分之一杯,也就是一盎司牛奶,再輕輕攪和一下就可以了。加入四分之一茶匙調味鹽。我個人很喜歡松露鹽,這樣的一份炒蛋會帶來普羅旺斯的香味。其實日本的海藻鹽也非常好,日本民眾用它來炒青菜,非常討喜,我們用它來炒蛋,別有風味。

不想用調味鹽,只想用普通的鹽,也沒有問題,加一點切得細碎的蝦夷蔥,這樣一份炒蛋就有了提神醒腦的功用。

二、番薯的妙用 —— *Sweet Breakfast*

番薯,北方叫紅薯、紅苕、白薯等等。烤白薯又甜又香,活在許

多北方人的兒時記憶裡。今日台北之清粥小菜，仍以番薯清粥作為主食，廣受歡迎。

　　最近這些年，大家講究養生，都說番薯好過馬鈴薯，健康、營養，於是番薯做法出奇制勝。這一味甜蜜的早餐便是使用了一只稍稍煮過的番薯，這稍稍是什麼意思？那便是將去皮的番薯在滾水中煮個四、五分鐘，不要超過五分鐘，如此才能在冷卻之後切成方方正正的小方塊。那方塊要多小才合宜？每一邊不要超過半公分或四分之一英吋。如此，與兩片紅皮洋蔥以及早已煎過的兩條培根（切成碎片）同時用黃油來炒，才會又好看又好吃。爐火也無須太旺，中火稍偏大火便可。三樣食材變軟，空氣中彌漫甜香之時，放入兩湯匙越南小炒醬汁，與改進過的炒蛋搭配正好是兩份可口的早餐。

　　培根是好東西，將煎過切碎的培根裝盒並且祕藏於冰箱，是許多西菜大廚的祕密武器。菜餚不夠有味之時，一小撮培根丟下鍋去，立時香氣瀰漫，絕無失誤。

三、罐燜野兔（*Jugged Hare*）

　　醃料： 三杯紅酒，兩湯匙食油，一隻大洋蔥（切成八分之一塊狀，自然成絲），三四粒碾碎的杜松子，一大片月桂葉，二分之一茶匙乾燥迷迭香，現磨黑胡椒，二～二又二分之一茶匙可食鹽 Kosher Salt。這種鹽沒有任何的添加物，長時間以來，因為其純淨符合猶太教對食物的要求而被大量使用。這種晶瑩如同雲母的大粒鹽通常用來醃製肉類和海鮮，它會使得食物有一種與眾不同的鹹味，也會使得食材更加柔嫩。

　　醃法： 將野兔收拾乾淨，清水洗過，剁成兩英吋見方之方塊，用紙巾拍乾。我們需要五六

磅重的兔肉。這恐怕不是一隻兔子可以奏效的。將這些兔肉放進已經準備好的醃料裡，拿一把木頭鏟子充分攪拌，務必要讓醃料覆蓋住每一塊兔肉。在這一大盆美味之上覆蓋一根松枝，放進冰箱，最少六小時，最好過夜。款待福爾摩斯的大廚大概沒有冰箱，就把那盆兔肉放在一個冷得要命的安全所在。

烹調：第二天，將松枝丟棄，這東西已經將松樹的香味留在了兔肉上。將兔肉細細攪拌一番，用一把漏勺將兔肉撈出來放在一隻大碗裡。那醃料千萬不要倒掉，只把洋蔥和香草過濾掉，將過濾乾淨的醃料放在一個可靠的地方備用。家裡若是有貓，需要格外當心。

用紙巾拍乾兔肉，將兩湯匙麵粉灑於其上，力求兔肉全身上下沾滿薄粉。這需要一點時間和無比的細心。

這個時候，我們需要一隻深鍋，一兩百年前的人們大概選擇堅固的陶器或鐵器。今天，我們選擇一隻 Dutch oven，一隻美麗、沉重的大鍋，可以放在爐台上燒，也可以放進烤箱去烤。其容積最少要可以盛放一加侖的水，也就是十六杯水。如果能夠倒進去二十杯水，那是最好啦。下面的工程便在這個容器中進行。

深鍋置於爐上，用中火燒熱。在鍋中放入六片培根，慢慢煎熬出大量肥油，培根變成棕色，但是沒有變成焦炭。這個時候有一雙筷子是最好啦，用筷子把培根夾出來，讓它們在旁邊涼快著。把鍋裡的肥油倒出來，留著，不要倒掉。千萬不要洗鍋，讓鍋底上殘留的肥油好好地派上用場。

鍋子在中火上持續保持著相當的溫度，將兔肉放進去煎，肥油與兔肉相得益彰。務必使得每一塊兔肉的每一面都呈現金黃色，這時需要無比的耐心。煎好的兔肉一塊塊夾出，放在一隻盤子裡，放在安全的地方。

留兩湯匙肥油待用，剩下的全部回到熱鍋裡，這時候，我們要丟進鍋裡這些內容：四分之一杯切碎的冬蔥（shallots）、二分之一杯

在福爾摩斯從人間蒸發的那幾年裡，他一定在這樣的廚房裡找到過燉兔肉之類的美味。

切碎的芹菜、六根切碎的小胡蘿蔔，讓它們在鍋內煎煮七八分鐘。然後，加入三湯匙的紅色醋栗果凍（red currant jelly），與鍋中物攪拌均勻。我與在客棧裡燒這道菜的大廚討論，若是找不到這紅色醋栗果凍又當如何？他皺起眉頭，在沾滿血跡的圍裙上擦了擦手，回答我說，任何野生動物的血都可以。我想，現如今，鴨血、豬血之類是一定可以做替代物的。

　　廚房已然芳香無比的當兒，咱們把那已經過濾乾淨的醃料放進鍋裡，再加上一又二分之一杯的高湯，讓它們煮到滾沸。這個時候，我們要用一把乾淨的木頭勺子，把鍋裡和鍋邊緣的泡沫、附著物都清理乾淨，讓整個鍋中的湯湯水水看起來都十分的雅潔。然後，我們要在鍋中投放一茶匙乾燥百里香（thyme）、二茶匙切碎之荷蘭芹（parsley）、兩片小小的月桂葉。再來，便是根據個人的口味來加鹽與胡椒調味。

　　最後，將兔肉和已經涼透、已經切成碎片的培根放進鍋裡，攪拌一番，加蓋。熄火，將這一鍋寶物放入已經加熱的烤箱。早年間，沒有烤箱，大約是在爐子上繼續燉煮或者是吊入壁爐中的鐵架上，在炭

火上繼續燉煮。就拿眼下比較現代的廚房條件來說，我想烤箱預熱華氏三百五十度，攝氏一百七十七度，烤個五十分鐘，最多一個小時，絕對夠了。

揭開鍋蓋，香到不行，大廚沒有忘記那兩湯匙肥油，趁熱澆了上去，這才紅光滿面地將整鍋兔肉端上桌。好不容易，福爾摩斯這才搓著手，開心地笑了起來。

天哪，果真是工夫菜。我給您一個小建議，用燜燒鍋來燉雞也行啊。還可以用電動的慢燒鍋（slow cooker）也成。只不過，材料與程序您都得換算一番。還有，您大概不可能得到「罐燜兔肉」絕妙的效果。找不到兔子，羊肉啊，牛肉啊，也都可以用這法子來試試看。

四、關於新式罐燜 *Casserole* 的優越性

時代進步，人們較前忙碌，沒有那麼多的時間圍著爐台轉。想不到吧，早年十分繁複的罐燜之法今天卻成了歐美廚房的寵兒。原因如下：西式烹調需要大量的廚具，罐燜卻只需一隻陶瓷、金屬，甚至玻璃的容器，這容器拜現代科技之賜又十分的美觀，完全可以上桌，連盛菜的大盤都可以省了。再說，罐燜是一種量比較大的菜式，不需要另外一道主菜，甚至無須麵包或者米飯，只要加一道青菜，或者生菜沙拉就可以開飯了。第三，若是出門參加一個聚餐會，需要帶一個菜，罐燜絕對方便。到了地頭，菜冷了，用微波爐熱一下就好了。剩菜保留下來，熱一熱，成為一頓午飯也沒有什麼不好，那便是第四點優越性。更不要說，當罐燜的食物還在烤箱裡的時候，主廚還可以做些別的事情，比方說擺放盤碗啦，炒青菜啦，整治一盤沙拉，叫孩子們回家吃飯，跟家人或朋友閒話家常，等等。那是多麼的從容啊。有了這許多優點，這罐燜之法怎麼能夠不受歡迎呢？下面咱們就來隨便選上一道相當好吃的菜餚，演練一番。

義式罐燜 *Sweet Potato Sausage Casserole*

　　這道菜的準備時間是二十分鐘，烘烤時間是二十五分鐘。

　　我們需要的食材包括以下內容：半磅螺旋形義大利麵（spiral pasta），半磅切成片的香腸（香腸任選，以燻腸為上選。熱愛香腸的人士還可以稍稍多加一些份量），兩個中等大小的蕃薯（去皮，切成一公分大小的小塊），一隻切成小塊之青椒，半杯切碎之洋蔥（剩餘洋蔥請不要丟棄，密封放置冰箱），兩湯匙橄欖油，一茶匙蒜蓉，一罐碎番茄，一杯奶油（heavy whipping cream），四分之一茶匙鹽（以用山胡桃木條燻過之海鹽 hickory smoked sea salt 為上選），四分之一茶匙現磨黑胡椒，一杯袋裝切細之起司（shredded cheddar cheese），喜愛起司的人士不妨多加一點，或者選擇自己鍾愛的起司。完全不喜歡起司的朋友可以放棄這個菜譜。

　　煮義大利麵的同時，在一口平鍋內，以中火將橄欖油加熱，炒香腸、番薯、青椒、洋蔥，五分鐘便好。加蒜蓉，再炒一分鐘，濾去湯汁。在平鍋內再加入番茄、奶油、鹽與胡椒，煮到沸滾，馬上從爐火上移下來。

　　義大利麵煮好濾乾，與平鍋裡的寶物混合，放進一個可以烤的容器。這個容器要有十三英吋長九英吋寬，或者十一吋見方或見圓都可以。在這個美麗得可以放進烤箱、有一點厚度的容器裡要先抹一層油，如此才不會「沾鍋」。

　　烤箱預熱華氏三百五十度，攝氏一百七十七度，將這盆裝滿了好東西的容器放進去烘烤二十五～三十分鐘（時間長短端看閣下家中的烤箱功能如何）。將這燜好了的菜餚從烤箱取出之後，放在隔熱板上冷卻五分鐘，直接上桌即可。

　　這一道菜可以餵飽一個六口之家。

Titanic A La Carte restaurant

鐵達尼頭等艙大餐廳最後的晚餐菜單

Hors d'Oeuvre
Oysters
Consomme Olga
Cream of Barley Soup
Poached Salmon with Mousseline Sauce
Filet Mignons Lili
Chicken Lyonnaise
Vegetable Marrow Farci
Lamb with Mint Sauce
Calvados-Glazed Roast Duckling
with Applesauce
Roast Sirloin of Beef Forestiere
Chateau Potatoes
Minted Green Pea Timbales
Creamed Carrots

Boiled Rice
Parmentier and Boiled New Potatoes
Punch Romaine
Roasted Squab on Wilted Cress
Asparagus Salad with Champagne-
Saffron Vinaigrette
Pate de Foie Gras
Celery
Waldorf Pudding
Peaches in Chartreuse Jelly
Chocolate Painted Eclairs
with French Vanilla Cream
French Vanilla Ice Cream
Assorted fresh fruits and cheeses
Coffee, cigars

鐵達尼遺留下來的那一塊餅乾

在一九一二年的春天，海洋學家伍德（ Fergus Wood ） 已經猜測到那一年元月：「月球超乎尋常地靠近地球……。」

　　無論如何，二〇一二年是「鐵達尼年」。一九一二年四月十五日，鐵達尼號郵輪（RMS Titanic）正展開處女航，意氣風發地從歐洲駛向新大陸的紐約港，卻在大西洋中撞到冰山，沉沒，奪走了一千五百七十一條性命。這個數字裡面恐怕不包括傑克 —— 就是在電影《鐵達尼號》（Titanic）裡李奧納多・狄卡皮歐（Leonardo DiCaprio）扮演的那個青年畫家傑克。那時候，李奧納多多帥啊。二〇一二年，為了紀念鐵達尼海難一百年，將十五年前的老電影拍成 3D 片，看著電影裡的自己，李奧納多感嘆說，好久沒有那麼帥了。溫斯勒（ Kate Winslet ）卻覺得年輕時候的自己演技還不夠成熟。其實，在我們女性觀眾的心裡，演技如何已經是次要的。我們只是感覺著，李奧納多永遠是那麼帥的，永遠是在鐵達尼上那個英俊、有情有義、熱愛自由的小夥子。在我們的心裡，鐵達尼也是永遠在大洋上的，永遠不會沉沒，和永遠英俊的李奧一樣。前不久，他扮演胡佛，如此維妙維肖，小金人卻再一次距離遙遠。那又怎樣呢？小金人不喜歡胡佛，連帶著也就不喜歡李奧。我們這些觀眾還是會跟著李奧跑，只要是他演的電影，一定要去看，更不用說這部片子的導演還是克林・伊斯特伍德（Clint Eastwood）。演而優則導，伊斯特伍德演過或者導演過任何的爛片嗎？從來沒有。但是小金人也永遠不是那麼公正的。沒關係，李奧的票房還是好得很，那才是硬道理。

　　無論我們怎樣不可理喻地一廂情願，鐵達尼畢竟是在百年前斷成

百年前，1912年，《紐約時報》對鐵達尼號船難的報導。

兩截沉沒了。還有倖存者在信中說，當時，船長在頭等艙的餐廳裡喝醉了，根本不在駕駛艙裡。船長是有副手的吧，他也有舵手啊。我想，這只是一個說法而已。據了解，也只有一封信將這場劫難怪罪到船長頭上，其他的倖存者並沒有這樣說。

一百年是一個漫長的歲月。鐵達尼海難是一個引人注目的大事件，人們都想知道悲劇發生的真正原因到底是什麼。最近，有科學家說，那罪魁禍首是月亮。美國德州州立大學物理學家歐爾森（Donald Olson）告訴我們，一九一二年元月四日在太空裡發生了極為罕見的

天文現象，當時「月球和太陽的相對位置強化了彼此的吸引力」，換句非專業人士聽得懂的話說，那一天，月亮拚命地要靠近太陽。此時此刻，月球和地球的接近點竟然也達到一千四百年來最短的距離！那一天「正巧」滿月，地球竟然在六分鐘之內「迎上去了」！換句話說，在一個很短的時間裡，月亮奔向了地球，地球又奔向了太陽。地球上面是有著浩瀚的海洋，大潮驟起，威力無窮，捲起了一大堆格陵蘭的冰山，這些冰山來不及融化，就向南漂移。四月份，這些冰山正巧抵達鐵達尼的航線。

其實，在一九一二年的春天，海洋學家伍德（Fergus Wood）已經猜測到那一年元月：「月球超乎尋常地靠近地球……。」由於過多的冰山出現在大洋上，鐵達尼也已經將航線南移。但是，這是一千四百年才會出現的六分鐘，巨大的冰山成群結隊地聚集在海面以下。哪怕船長先生剛剛喝的是濃濃的黑咖啡，十二分的清醒，駕駛艙裡的每一位工作人員也都吃飽喝足、全神貫注，鐵達尼還是免不了這一場劫難。

一個陽光普照的日子，我推開這些資料，走出門來，阿波羅的金馬車正好在門前。我便直接請教太陽神，那到底是怎麼回事，……有什麼悄悄話怎麼就不能到奧林普斯山上去聊，而要在半空中隨便地偏離跑道……。阿波羅睜大眼睛，「到現在我也不知道月神和大地之神那天為什麼要跑到離我這麼近的地方來，只見海神波塞頓大發雷霆，揮舞著祂的權杖，命令祂們各自歸位。祂們也就訕訕地回到了自己的位置上，此事再也沒有誰提起……。這件事很重要嗎？」阿波羅一臉無辜。

是啊，對人類而言，當然是很重要，雖然那個事件的起因只是自然界一個極其微妙的偶然。

深夜裡，當船體顛簸傾斜，冰冷的海水洶湧而來的時候，除了盡可能向高處攀爬之外，乘坐三等艙的旅客自然是不會夢想著那有限的

救生艇裡有著自己的一個位置。根據我個人的切身經驗，遇到這樣的時候，最重要的恐怕不是什麼保暖的外衣，任何又輕又暖的外衣到了冰水裡也會立時變成又冷又硬的負擔。最重要的是腸胃裡必須有著足夠的食物，體溫才不會迅速下降。於是，我十二分地關心：那個兇險萬分的時刻到來的時候，乘坐三等艙的旅客們的腸胃裡究竟有些什麼東西能夠幫助他們對抗寒冷的海水。

數字是十分殘酷的。危險時刻，救生艇首先帶走婦女和孩子，這沒有錯。但是當婦女和孩子未曾將救生艇坐滿的時候，不是也應當帶走一些男子嗎？沒有，硬性的規定使得一些救生艇幾乎是半空著就離開了鐵達尼，造成了不必要的死亡。在紀錄上，鐵達尼號三等艙的男性乘客有四百六十二名，最後獲救者有七十二名，葬身大海者有三百九十名。在紀錄上，鐵達尼號三等艙的船員有八百八十五名，最後獲救者有一百九十二名，葬身大海者有六百九十三名。在這場劫難中喪生的三等艙的男子共有一千零八十三位，佔這次海難死亡總人數的百分之六十九強，接近百分之七十。也就是說，死難人數的五分之三以上是乘坐三等艙的男子。如果再加上遇難的八十九名婦女、五十二名兒童，鐵達尼號郵輪上的遇難者，百分之七十八來自三等艙，超過了四分之三。無論他們是乘客還是船員，他們都曾經在三等艙的餐廳吃飯；我就很想知道，他們在被冰冷的海水淹沒的時候，他們的腸胃裡究竟有些什麼東西。

不幸的是，這一年的四月十四日是星期日。按照英國勞工階級的飲食習慣，這一天吃兩頓飯，下午的那一頓很早。三等艙的人們上床的時候如果肚子餓，還能從餐廳拿到小麵包、果醬、醃漬小黃瓜、幾片起司、茶或者咖啡充飢。

講老實話，如果船兒四平八穩，這應該是蠻不錯的了。

甲板以下，三等艙的餐廳裡擺放著許多的長餐桌，桌上鋪著雪白的桌布，桌子的兩側擺放著八隻扶手椅。簡單、樸實，有食堂的味道，但也並不過於簡慢。

我們來看一看，這頓早晚飯的內容：蔬菜湯（與甲板上層的蔬菜湯不同，材料便宜，整治起來也容易得多）、燒烤豬肉、水煮豌豆、水煮馬鈴薯、小餅乾、罐燜牛肉、麵包。

我對其中這一款小餅乾有興趣。一百年前的英國，正趕上暴飲暴食黃金時代的末班車，大戰尚未開打，物資豐饒，社會習俗仍然是以大吃大喝為樂事的。一塊小餅乾卻是另外一種思維的代表，是人類憂患意識的結晶。

這種餅乾叫做 Cabin Biscuits，便與荒郊野外的小木屋、與飛行中的客艙、與海上的船艙有了關聯。讓我們想到長途跋涉、想到三餐不繼、想到危險時刻的救命糧。在鐵達尼船難之後，在一條屬於鐵達尼的救生艇裡，就發現了那麼一塊餅乾，大約已經堅硬如石。它的主人很可能是一位船員，兩個世紀以來，這種餅乾跟著水手們漂洋過海；它的主人也很可能是一位乘客，大難臨頭，大約是貼身帶著它登上這條救生艇的。可見，它確實是救命糧。當然，也很可能是一個孩子，愛極了這好吃的餅乾，悄悄收在了衣袋裡。獲救的同時換上了溫暖乾爽的衣裳，於是這吃剩下的一片餅乾就滑落船底，成為一件意義深遠的紀念品。

這餅乾到底是什麼樣子呢？

要是想親手製作這種餅乾，我們需要以下的材料：兩杯普通麵粉、半茶匙鹽、一茶匙油脂、四分之三杯水。什麼是油脂呢？就是會使得糕點鬆脆的肥油，百分之百的 Fat。一茶匙油脂做二十五塊兩吋半見方的餅乾，可見，那餅乾不會很鬆脆，

也不會出現在頭等艙和二等艙的餐桌上。

在一個「和麵盆」裡將麵粉和鹽充分攪拌均勻，然後用手指將油脂揉進麵粉裡，一揉再揉，使得油脂完全分散到麵粉中。加入水，用力揉，或者用打蛋器慢慢攪和，整個麵糰變得相當硬而有點沾手。大功告成。如果太硬，可以再加兩茶匙水。將麵糰分成二十五等分，每一等分要擀成兩英吋半見方的一塊。用叉子尖端將邊緣整理好，在餅乾上橫豎共戳四十九個洞，放在沒有塗油的烤盤上，烤箱預熱華氏三百七十五度，攝氏一百九十度，烤十五分鐘就成。這種餅乾在漫長的歲月裡也有著口味的變化，或是灑一點水和鹽，或是灑一些波米贊起司和荷蘭芹的碎屑，或是刷上些許黃油加上一些肉桂與糖。

咱們現在走進位於華府的美國國家地理雜誌博物館（National Geographic Museum），在鐵達尼的百年紀念展上，面對的是一塊最普通的餅乾，烘烤之時只是放了一點點鹽而已。一百年過去了，這塊餅乾早已堅硬如鐵，顏色與形狀卻完美如初。

傑克的最後一頓晚飯是在頭等艙吃的，從前菜到飯後酒共有十二道。但是他正在遭遇前所未有的尷尬，心愛的蘿絲與他遙遙相對，卻不能傾訴衷腸。這一頓飯不但食不知味，恐怕也根本沒有吃飽。然後呢，不但有海難還有壞蛋的追殺，他根本不會想到可以救命的小餅乾。蘿絲大約根本沒有見過這種東西，她的大衣口袋裡意外地藏有一串價值連城的珠寶，卻沒有這樣幾片真正有用的餅乾。

那一個夜晚實在太漫長了，救援遲遲未到，太陽也遲遲未曾升起。傑克終於撐不下去了……，許多許多人也都撐不下去了……。

面對這一片金黃色的小餅乾，我喃喃自語。

「那不是我的錯，我始終在正確的位置上……」我聽到太陽神悅耳的聲音。

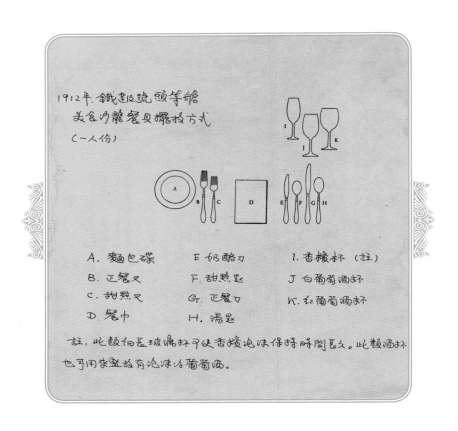

1912年. 鐵達尼號 頭等艙
美食沙龍餐具擺放方式
(一人份)

A. 麵包碟
B. 正餐叉
C. 甜點叉
D. 餐巾

E. 奶酪刀
F. 甜點匙
G. 正餐刀
H. 湯匙

I. 香檳杯 (註)
J. 白葡萄酒杯
K. 紅葡萄酒杯

註：此類細長坡璃杯可使香檳泡沫保持時間長久。此類酒杯
也可用來盛放有泡沫的葡萄酒。

細說烹調

　　鐵達尼頭等艙有著兩個餐廳，最高級的那一個 The Ritz Restaurant
讓我們想到那便是麗池飯店的頂尖餐廳。在鐵達尼上，它的位置在前
甲板，有著路易時代的裝潢。白天的時候，窗簾捲起，食客可以享受
一百八十度的海上視野。晚上，窗簾深垂，如果不是船體在晃動，旅

客會覺得身處巴黎或倫敦最為高雅的餐館。餐桌小巧，每桌最多四人，便於傾談。另外一個餐廳便是頭等艙大餐廳，陳設也相當講究，一桌卻可以容納八人，方便社交。菜餚相當高級但不如麗池精緻。在電影《鐵達尼號》（*Titanic*）裡，傑克走進的那座華麗的餐廳大門是麗池的，他坐下來的那張餐桌卻是屬於頭等艙餐廳的。當然，這是為了電影情節的需要。

　　一個世紀以後的今天，海上漂流著許多巨大的郵輪，上面都有著好多個餐廳，但是當年的麗池餐廳與鐵達尼一樣早已經成為絕響。既然是這樣，我們就來瞧上一瞧，鐵達尼上的麗池餐廳在最後的一個晚上究竟為旅客們提供了怎樣的餐點：鵪鶉蛋托魚子、青豆湯、白沙紅龍蝦、嫩牛野菇、玫瑰霜淇淋（用以清爽味蕾）、櫻紅鵪鶉、水晶蘆筍、蜜橘，最後以馬其頓水果甜品和起司結尾。當然還有咖啡、飯後酒和雪茄，如此才算圓滿結束。較之頭等艙大餐廳的生蠔、三文魚、牛排、雞排、羊肉、鴨肉、鵝肝醬之類，果然精緻多多。

　　我們選麗池的幾道名菜來細細研究一番，這幾道菜，我們在自家廚房也能如法炮製。

一、白沙紅龍蝦（*Homard Thermidor*）

　　所需材料：兩隻龍蝦（或者四隻龍蝦尾），四分之一杯已經融化的黃油，兩瓣切得細碎的大蒜，二分之一杯麵包屑，兩湯匙切碎之蝦夷蔥、荷蘭芹或者普通的小蔥，鹽與胡椒各四分之一茶匙。

　　醬汁所需材料：一杯牛奶，二分之一粒切碎之洋蔥，一片月桂葉，四分之一茶匙整粒黑胡椒，兩湯匙黃油，兩湯匙普通麵粉，一茶匙細細削下之檸檬皮屑

（lemon zest），一湯匙乾芥末，二分之一茶匙磨碎之荳蔻，四分之一杯鮮奶油，鹽與白胡椒各四分之一茶匙。

作法：

1. 首先製作醬汁。在西菜裡，決定口味的往往是醬汁（sauce），輕忽不得。

在一隻小鍋裡用中火煮牛奶、洋蔥、月桂與胡椒粒。鍋中物剛剛在鍋邊起泡，便從火口上移下來，放置溫暖處待用。

在一隻沉重的真正的 sauce pan 裡，用中火融化黃油，灑入麵粉，不斷攪動，煮一分鐘。移下火口，繼續攪拌，將小鍋裡的牛奶等物注入 sauce pan，回到中火上，大力攪拌五分鐘，這時候，我們的醬汁已經沾匙。在 sauce pan 裡灑入橘皮、芥末、荳蔻，攪拌均勻，再攪入鮮奶油、鹽、白胡椒。移下火口，保溫待用。

2. 清潔龍蝦，一分為二，蝦殼朝下，放入烤盤，在蝦肉上刷上已經融化的黃油，灑上鹽和胡椒，放進烤箱用高溫烤五分鐘。

在一個可以上桌的大盤裡，將蝦肉剁出，澆上一半的醬汁，覆蓋上蝦殼。在剩下的一半醬汁裡放進大蒜、麵包屑、蝦夷蔥、鹽和胡椒，攪拌均勻，澆在龍蝦上。將整個盤子放進預熱華氏四百七十五度、攝氏二百四十六度的烤箱，烤五分鐘。龍蝦的部分便完成了。

3. 做裝飾用的馬鈴薯泥可以加些黃油、荳蔻、蛋清或雞蛋，為了美觀甚至可以將馬鈴薯泥放入糕點擠花器，隨自己喜歡裝飾在龍蝦周圍。這一道大菜，折騰到現在，才算是完全地成功了。

大家一定注意到了，因為蝦肉早已剁離蝦殼，所以進食的時候，格外方便，不會出現任何尷尬的場景。適合鐵達尼麗池餐廳的優雅，也適合閣下的餐桌。

二、嫩牛野菇（*Tournedos aux Morilles*）

　　所需材料：半杯乾香菇，四塊牛肉里脊排（每塊六盎司），二分之一湯匙植物油，兩湯匙黃油，兩湯匙切碎的新鮮荷蘭芹。

　　醬汁材料：四分之一杯黃油（兩湯匙），細細切碎的半個洋蔥，一杯半紅葡萄酒，半杯波爾多酒（port），一杯牛肉高湯，鹽和胡椒。

　　鋪於盤底所需之包心菜材料：三盎司切成一吋長之培根，一個切成細絲之洋蔥，一個切成細絲之包心菜，半杯雞湯，一茶匙白糖，一湯匙白醋（用葡萄釀成之果醋，並非米醋），一茶匙百里香，半茶匙鹽（當年，在鐵達尼上，想必用的是英國莫頓鹽。我們可以用任何鹽來做這道菜，日本蔬菜用鹽或者台灣七股鹽都好），四分之一茶匙現磨黑胡椒。

　　作法：

　　1. 用開水泡香菇，加蓋。十五到二十分鐘以後，將香菇一分為六，泡香菇的水留半杯即可。

　　2. 準備醬汁：

　　在沉重的醬汁鍋內，用中火融化一湯匙黃油，將洋蔥放入鍋內，翻炒兩分鐘，加入紅酒和波爾多酒，煮十五分鐘，這時候鍋中物只餘一杯的分量。在鍋中加入牛肉高湯和香菇水，再煮二十到二十五分鐘。最後，鍋裡的湯湯水水只剩了半杯光景。

　　改小火，在鍋裡加入另外一湯匙黃油，用力攪拌，用鹽和胡椒調味。醬汁已經成功，放在溫暖處備用。

　　3. 將牛肉用鹽和胡椒醃一下，使之入味。

　　將平鍋置於火口上，開中大火，融化一湯匙黃油、加熱植物油。用這兩種油來煎牛排，八到十分鐘。這段時間裡，牛肉只需翻面一次。外焦裡嫩就好，速速移到已經加熱的盤子上。

改大火，在平鍋內再融化一湯匙黃油，翻炒香菇，兩三分鐘就好，灑上荷蘭芹，將鍋中物移到醬汁裡待用。

4. 在平鍋裡用中大火煎培根，只需五分鐘，丟掉培根和大量肥油，只留一湯匙肥油在鍋底就好。

加入洋蔥、包心菜、高湯、糖、醋、百里香、鹽、胡椒，加蓋，中火，燜煮十到十二分鐘。

5. 速速將包心菜鋪在盤底，將牛肉置於包心菜上，環繞牛肉，澆上醬汁。大功告成，可以上桌了。

千萬不要著急，這 tournedos 就是最嫩的牛肉，取自牛隻的後腰部分，也就是牛隻活動得最厲害的部分，最好的是，這個部位的牛肉卻最少牛羶味。一般的來說，我們叫它 medallions 或者 filets of beef。也就是我們常常說的里脊排。至於這 morilles 是一種名貴的法國野蘑菇，通常是乾燥的裝在瓶子裡出售，貴得要命 —— 我們完全可以用香菇來代替。

三、馬其頓水果甜品（*Macedoine de fruits*）

這道甜品並不甜膩，帶著水果馥郁的芬芳，想來在亞歷山大大帝的時代就已經是人見人愛的甜品，所以會以馬其頓來命名。
一九一二年的早春，寒冷的英國哪裡有什麼新鮮多汁的水果，鐵達尼麗池餐廳的廚師們所用的水果食材便是來自遙遠的西班牙、遙遠的北非。台灣卻是水果之鄉，我們可以用任何當令的水果來製作這一道甜品。

所需材料：梨子、水蜜桃、

李子各兩粒，半杯無子葡萄乾或醋栗或桑葚，兩茶匙檸檬汁，四分之三杯楓糖漿，四分之一杯薄荷葉，兩湯匙蘭姆酒，四分之一杯烤過的杏仁片，數片美麗的香蜂草（lemon balm）。

作法：

1. 在一水晶盆內放進已經去皮切成小塊的水果，再放進水果乾和檸檬汁，攪拌均勻。

2. 將楓糖漿和薄荷葉放進果汁機，稍稍打一下，呈濃稠液體即可。將這楓糖薄荷醬倒入水果盆。

3. 加入蘭姆酒，攪拌均勻。

4. 遠離爐火，將水晶盆置於料理台上一個半小時，不時地攪動一下。

5. 完成：在甜品上桌前，灑上杏仁片（一定要烤過的喔），用香蜂草作裝飾。

如果買不到已經烤過的杏仁片，用自家烤箱，華氏三百五十度、攝氏一百七十七度，烤兩分鐘就可以用了。

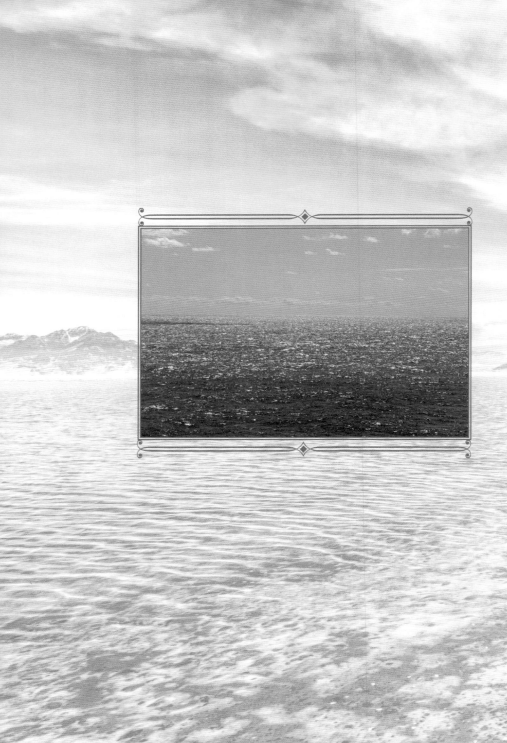

太平洋細鹽由此而生

戰雲密布，特洛伊城前已經布滿希臘大軍的營帳。希
臘戰將阿克琉斯 （Achilles）準備宴客。帕特洛克魯斯
（Patroclus）坐在柴垛上，將綿羊、山羊、小肥豬的肉
塊攤開來。心事重重的好朋友阿克琉斯走來，細心地將
肉品切片。帕特洛克魯斯就去添柴，待木柴燒成了炭
火，便將切好的肉品架上去烤。在這些豐美的食材上
面，帕特洛克魯斯灑上了神奇的鹽。肉品裝盤上桌，香
氣四溢。阿克琉斯在他尊貴的客人奧德賽（Odysseus）
對面坐了下來。阿克琉斯請他的好朋友帕特洛克魯斯在
筵席開始以前先向神祇表達謝意，感謝神慷慨的賜予
⋯⋯神奇的鹽。

——節譯自 Homer: *The Iliad*（Book IX）

鹽的傳奇

西方人對於鹽 —— 人類唯一可以吃下肚的石頭，有著敬畏之心。

　　一八三八年深秋，法國小說家巴爾札克（Honoré de Balzac）開始寫一部長篇小說《貝阿特麗克絲》（*La Cousine Bette*）。最初是在一八三九年春天的《世紀報》上連載，這部書完成之後，於一八三九年底由蘇弗蘭書屋出版單行本，一八四二年收入《人間喜劇》（*la Comédie Humaine*）十六卷本第三卷。巴爾札克寫一個人物，總是會從這個人物的家族、這個家族的老宅，這所老宅所在地域之地理位置、氣候特徵、地貌民風、社會習俗寫起。於是，將近兩百年來，我們透過巴爾札克的描寫，了解在法國西部面對大西洋的蓋朗德半島，那個產鹽極豐的地區的風貌。十九世紀初葉，此地遺世獨立，幾乎與工業革命帶來的變遷毫無關聯，身穿白布襯衫的曬鹽工人在「沒有一株樹、沒有一棵草、沒有一隻鳥」的非洲沙漠一樣的低地裡曬鹽。陽光下，路人會覺得那些曬鹽的工人好像是身穿白袍的阿拉伯人，而覺得這地方似乎不是法國。就在這荒野的包圍下，古老的蓋朗德城如同一座風姿綽約的英國庭園般奼紫嫣紅地寧靜地屹立著，孕育出小說家娓娓道來的許多故事。相信，在文學的世界裡，那是我們首次如此近距離地觀察蓋朗德地方的鹽田，雖然那鹽早已聞名世界；無論是

法國鹽罐，裡面盛裝著蓋朗德鹽。

鑽石般熠熠生輝的晶鹽，還是像蕾絲一樣精緻的芙蓉細鹽，大廚們都深情款款地稱呼其原名－蓋朗德鹽之花（Fleur de sel de Guérande）。

　　一九九四年，台灣小說家蔡素芬在聯經出版《鹽田兒女》為世人展開台南縣七股鄉的鹽田風貌 ── 這海風也鹹日頭也毒的沿海村落。這裡的土地是鹹的，一方格一方格的鹽田積著引灌進來的海水，在陽光下曬出鹽來像銀河般綿延著直到天邊。小說家精雕細刻這道銀河上男男女女的歡喜悲愁，成就了優秀的文學創作。關於台灣七股鹽，被義大利名廚誇讚為與西西里海鹽同樣有味的晶瑩調味品，似乎也只有蔡素芬的這部作品給我們一種波瀾壯闊的實地感受。

　　住在紐約市的美國作家馬克・柯爾蘭斯基（Mark Kurlansky）是一個有趣的人，寫出來的文章也常常會關注到一些別的作家很少會關注的事情；比方說，關於鹽，他就在二十一世紀初洋洋灑灑寫了一本極暢銷的書《Salt: A World History》。我跑到書店去，一再碰壁，都說是銷售完畢，要等新書到了再通知我。要等多久？竟然是無法預估，因為排隊在等新書的讀者不是少數。

　　這本書已經出版十年了呢！我疑疑惑惑。書店店員氣定神閑，「一向如此啊，總是不夠賣⋯⋯。」

　　不負苦心，在一家很小的食經專賣店竟然找到了這本書。櫃檯小姐說：「眼下，這是最後一本，新書訂單已經發出了⋯⋯。」

　　付了書錢，馬上飛奔到對門的咖啡店，要了一大杯拿鐵，還沒有坐穩就打開了書。

　　柯爾蘭斯基細說從頭，竟然是從中國開始。他說，中國人是這樣地自傲於四大發明，念念不忘炎黃子孫發明了造紙術、活字印刷、火藥和指南針，對人類文明貢獻厥偉；卻從來沒有好好地談到過鹽，鹽的發現、鹽的提煉、鹽的應用。看他這樣寫，我就想到中國文壇上的特級校對食經作家陳夢因先生。陳先生就多次說過，中華美食享譽全球，卻一直未予以科學的認真的研究，一直進不了學術門牆，也就一

直無法真正發揚光大。

　　柯爾蘭斯基卻做了大量的研究，就鹽這一項最為重要的調味品、人類不可或缺的食材來說，早在六千年以前，在山西運城地區就已經發生過爭奪湖鹽的戰爭。在公元前八百年的文字記載中，中國已經有了百萬富翁，他們經營什麼致富呢？就是鹽！鹽的製作、運輸與販賣。早於羅馬人一千年，中國人已經將鹹鹹的海水舀到瓦盆中，架上柴火加熱，水分蒸發，析出雪白的海鹽。早在公元前四百五十年的文字記載中，就說到自從中國有了鐵器之後，就有了用鐵器來「熬煮海水」、取得海鹽的技術，這項技術在世界各地使用了兩千年之久。

　　除此之外，柯爾蘭斯基還考證說，最早發現魚與鹽的良好關係的還是中國人，將魚身塗了鹽，風乾，不但可以久存，而且真是好滋味！歲月推移，中土的人們將蔓生的黃豆與鹽、水放在一起，就出現了另外一個更加有味道的調味品，那便是醬。然後，由此又製作出醬油。於是人類有福了！美食的世界終於從渾沌中出現了！直到公元六世紀，黃豆才飄洋過海抵達日本。直到公元十世紀，大和民族才能夠自家製作醬油。

　　這真是說不得了，到了二十一世紀，世界各地的大廚們需要醬油的時候，首選卻是在台灣、日本、香港釀造的醬油，而非來自中國本土。原因何在？正是台灣、日本和香港在食品衛生和食品研究方面的進步使然。

　　西方人對於鹽 ── 人類唯一可以吃下肚的石頭，有著敬畏之心。

　　相傳，北方之神 Odin 之子雷神 Thor 因為過於剛愎自用，被父親驅逐到人間，失去神力，備受凌辱。雷神遍體鱗傷之際性情大變，變得通情達理，進而贏得真摯的愛情。世間女子愛上祂，為祂流淚。在神的世界裡，淚水是極為罕見的。女子的淚水「滴」上天庭，北方之神已經被安置在停屍床上，鹹鹹的淚水將祂喚醒，告訴祂雷神的轉變。於是，雷神再次被賜予神力，戰勝邪惡，回到天庭，遙遙地看顧著美麗善良的人間女子……。淚水裡的鹹味來自鹽，人身體裡的鹽分

讓淚水不同凡響……。

行吟詩人荷馬不但歌詠鹽是神的賞賜，更進一步認定鹽本身就具有神性，是一種神物。

猶太民族和穆斯林都相信鹽是聖物，能夠刺傷魔鬼的眼睛，保護善良的人們。

在很多東正教國家，送人麵包與鹽是極大的禮敬。

近代社會，鹽與健康的關聯更是人們研究的對象。食鹽不可過量，否則對血壓與腎臟都不利。食無鹽行不行呢？也不行。為疼痛所苦的患者服用 TEGRETOL 止痛，醫生要求患者每三個月驗血一次，唯恐患者體內鹽分因為藥物的關係而降低到標準線以下，人體內鹽分太少是會暈倒的。

食鹽在美食上的運用，更是每日每時我們都會想到、聽到、看到、用到的。柯爾蘭斯基津津樂道他訪問中國的經歷。在四川的南部，他看到人們將自貢井鹽製成濃鹽水，用來製作美味泡菜。至於製作榨菜與醬菜，使用的是鹽而非鹽水，醃製的時間也長得多。當然，讓西方人驚訝萬分的「千年老蛋」──皮蛋，更是離不開鹽。在鹽、茶、灰、藤的纏繞和作用下，雪白的鴨蛋才會在短短的百天之內「變」成味道濃郁的皮蛋。

但是，當我們翻開無數的美食書籍，關於不同的鹽派不同的用場方面，卻幾乎沒有什麼詳細的說明。

美國作家芙蘭西絲‧梅耶思（Frances Mayes）寫過十分溫馨、精采的《托斯卡尼豔陽下》（*Under the Tuscan Sun*）、《托斯卡尼日記》（*Every Day in Tuscany: Seasons of an Italian*）。出版社安排她來到華盛頓，為她的新書《*Tuscan Sun Cookbook*》舉辦簽書會。我也捧著書，排在等候作者簽名的行列裡。一邊緩緩地向前移動一邊衷心地盼望著，在鹽的使用上，梅耶思會有一些與眾不同的心得。終於，我站到了她的面前，當面向她請教，在托斯卡尼，烹飪的食材不同、手法不同，會不會使用不同的鹽呢？梅耶思女士微笑，「在托斯卡尼，

鹽碟

鹽有許多種，任何鹽都可以做出美味佳餚。」她確實說對了一半，鹽有許多種；另外的一半則含糊過去了，想來在這個方面，她並沒有更多的見解。這便讓我想到了一件事。在香港，鹹魚有許多的製作方法，其中之一叫做「插莊」，是一種暴醃之法；將整尾魚直接插入鹽堆之中一天，取出曬乾。那嘠，那「鹽堆」究竟是什麼鹽呢？海鹽、湖鹽、井鹽，還是岩鹽？人們會不耐煩，香港臨海自然是海鹽無異，而且，鹽就是鹽，就是鹹味的東西，有什麼好問的？但是，就是海鹽，因產地的不同，味道是會有差別的，甚至，同一地所產食鹽也會大不相同。比方說，塞浦路斯所產白色與黑色兩種食鹽就完全的不一

樣，一種是白色片狀海鹽，甚至會出現金字塔型的晶體，不是很鹹，有清爽、鮮明的口感，非常適合擺上餐桌，用以日常調味；另外一種卻是黑色的熔岩鹽，裡面含有活性碳的成分，入口即溶，是相當高級的調味鹽。一日，在巴黎，外子與我在餐廳坐定，點了菜之後，侍者才送上調味鹽，一黑一紅，黑色的便是這塞浦路斯黑鹽，紅色的卻是夏威夷的特產。黑色的用來為沙拉調味，紅色的自然是為海鮮提味，侍者簡短地做了說明，便匆匆離去。環顧四周，每張桌子上的調味鹽不盡相同，端看食客點了什麼菜式，不同的菜式需要不同的調味鹽。這個時候，我終於了解鹽碟的妙用；那許多不同材質的鹽碟裡面盛裝著完全不一樣的調味鹽，那是主廚最為貼心、最為精準的設計，決不是桌上一個鹽瓶一個胡椒瓶可以望其項背的。

那麼，世界上有哪些鹽是最基本的，不可或缺的，我們應當有所了解的呢？

我想，在美國，最常用的「可食鹽」，或者人們常說到的猶太鹽 Kosher Salt 是我最常用來醃肉的鹽；含碘、易溶、易吸收，非常純淨。「Kosher」是一種認定，它的意思是某種物質是純淨之物，符合猶太教的教規，翻譯成中文的「可食」頗為貼切。「可食鹽」可以是海鹽或井鹽或灘鹽。一般的來說，它的顆粒比較大，塗抹在肉類、魚類、家禽類的表面，可以達到迅速醃製的效果，將食材的味道「提」出來。雖然這種鹽並不珍奇，價格十分便宜，名廚們仍然將其視為廚房必備。多半的時候，這種粗鹽只用來醃製食材，用過即丟，並不用來烹飪，鹽業公司仍然精心研製，不同的品牌也有很大的不同。比方說四分之一杯的 Diamond Crystal 牌的可食鹽重量是一盎司，同樣體積的 Morton 牌子的鹽卻重兩盎司。所以，我用可食鹽來準備食材的時候，關注的是用鹽的重量，而非體積。Kosher Salt 比較鹹，用得太多，效果不彰，這是我們特別要小心的。另外一種可以用來醃製肉品的鹽，呈粉紅色，比可食鹽細緻得多，叫做 Curing Salt，非常好用。

如果需要醃製的肉品比較精緻，數量又比較小，我會選用這美麗的粉紅色鹽，只需一點點，就可以達到很好的效果，細鹽也很容易被肉品吸收，烹飪之時就不需要再放鹽了。而且，經過這樣醃製的肉品格外細嫩。製作高格調香腸的公司通常會使用大量的 Curing Salt。

「可食鹽」當然也有細鹽，加工成細鹽的可食鹽還可以用於菜餚和甜點的製作。二〇一二年著名的美國美食雜誌《Bon Appétit》隨著

可食鹽盒外包裝

太平洋細鹽

雜誌贈送食譜 —— 一款肉醬麵以及一款瑞可達起司蛋糕，竟然都用粗體字註明：製作這佳餚需要使用可食鹽，而不是任何普通的食鹽。這是美食界驚人的發展。首先，食譜不再只是標明鹽的使用，而是專注到使用哪一種鹽；其次，可食鹽跳出了醃製的傳統用法，在烹飪方面有了更加廣泛的用途。

Butcher Salt，肉店用鹽。那是極大顆粒的乾海鹽，肉店主人根據自己的需要加進一些乾燥的迷迭香、百里香之類的香草，用來醃製肉品。我們買新鮮鹹肉的時候，不妨稍加留意。另外，鹽業公司也照顧到家庭主婦的需要，製作瓶裝的、精細的 Butcher Salt，將法國名產芙蓉細鹽 Fleur de Sel 與研磨過的清香撲鼻的迷迭香、百里香、鼠尾草、墨角蘭按適當比例相混合，很適合家庭廚房醃製肉品的需要。

太平洋海鹽產量極豐，加工成細鹽，大量使用於糕點類 。當然，因其細緻，也大量使用於普通的烹飪以及放置於餐桌之上，用以日常調味，常常被稱為 Table Salt。

再來，便是 Ravida Sea Salt，那是義大利西西里地方西海岸的產

喜馬拉雅鹽板──正在「醃」的魚片，準備用來製作義大利海鮮燴飯，
Seafood Risotto。

品，來自地中海蔚藍色的海水。我偏愛這種烹飪鹽，如果我不使用特
別的加味鹽，而只是需要一點普通的細鹽，或者是碰到「鹽適量、油
少許」的食譜，我就用這種鹽；忠誠、可靠、萬無一失。來自台灣的
鹽是最接近西西里鹽的食鹽，同樣非常值得信任。

　　當然，海灘上曝曬而成的土版鹽也是鹽業大宗，近年來，韓國的
產品頗受歡迎，製作也日漸精細，用途廣泛。

　　大自然是非常奇妙的，人類社會也是非常複雜的。

　　我們耳熟能詳的是叫做「喜馬拉雅」的粉紅色晶鹽，兩億五千萬
年前的海底之鹽，號稱世界上最純淨之海鹽，其滋味卻完全不同於任
何其他的海鹽，淡淡的如同海風。目前，其產地位於距離喜馬拉雅山
脈四百公里的巴基斯坦。此鹽純天然、美麗、味道鮮美，是用於燒烤
的上品，不可或缺。我們也可以買到比較大型的鹽板，燒烤的時候可
以將肉品直接放到鹽板上，效果非常棒，真正色香味俱全。在廚房
裡，我備有一塊圓型的喜馬拉雅鹽板，製作義大利海鮮燴飯（Seafood
Risotto）。米已經下鍋，有二十分鐘的熬煮時間，這個時候，我會把
這塊鹽板拿出來，將魚肉平放在鹽板上，不超過五分鐘，翻一次面，

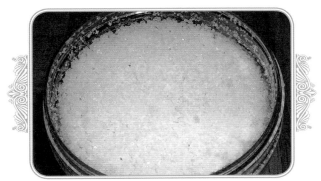

蓋朗德芙蓉細鹽

法國芙蓉細鹽盒子表面

再停留不超過五分鐘，魚便醃好了。將魚肉放在案板上切成小塊，當鍋中的米已經完全熟了的時候，將魚肉下鍋。很快起鍋。這鍋燴飯格外軟滑可口，其中的魚肉十分鮮嫩，帶著海洋的味道，鹹淡合宜。喜馬拉雅鹽板不但可以給肉品調味，可以當作盤子，將冷食上桌，甚至可以帶著肉品和蔬菜進烤箱去烤，進微波爐去加溫，用途多多。使用後，用清水沖洗、用紙巾拍乾，包好，保持清潔即可，真是十分好用的一塊美麗的「石頭」！

法國北部貝爾特尼（Brittany）的灰鹽，那是法國人所說的用純手工，用木鏟從大西洋的海水中「收集」到的調味品。使用木鏟，而非鐵器，鹽就不會有鐵銹的味道。法國灰鹽是我的廚房必備。當然，我們也不會忘記純淨的芙蓉細鹽，那是鹽中的魚子醬，鮮美無比。法國人說，只有法國香檳地區的產品才算正宗，其實蓋朗德、貝爾特尼以及西班牙伊碧札（Ibiza）地方的芙蓉細鹽都是一樣的美味。當然，美國猶他州和英國莫頓（Maldon）所出產的鹽也都是我們所熟悉的。

但是，讓大家都驚訝萬分，最近，美國史密斯索尼國家博物館（Smithsonian Institution）雜誌大幅報導全球食鹽的百分之七十竟然來自根本沒有海岸的玻利維亞！在這個南美洲國家的西南部，四千零八十六平方英里的鹽田，平坦如鏡，上面一座座雪白的鹽山，在藍天白雲下熠爍生輝！運鹽的卡車可以直接地開到鹽山腳下！鹽業公司雇用日薪五元美金的工人來裝運這神的禮物。孩子們放學之後拿著小鏟子蹦蹦跳跳來到鹽田，將一個個一公斤裝的布袋裝滿來賺取零用錢。

我們放到菜餚裡的食鹽究竟來自哪裡？紐約、華盛頓、巴黎、倫敦、台北、東京的市場上是完全看不到玻利維亞鹽的。那樣巨大數量的鹽又去了哪裡？答案很可能讓我們非常的不安，我們只能靜靜等待新的發現，同時相信著我們手裡的食鹽來自台灣、義大利、法國、日本、塞浦路斯、澳大利亞、韓國、美國和加拿大……。

除了「純淨」之鹽以外，為了烹調的需要，人們萬千次地實驗

亞洲調味鹽

地中海調味鹽

著，我們的廚房裡便出現了味道大為不同的調味鹽。

最常使用於熱炒的，當然是蒜鹽（Garlic Salt）。中餐名廚用蔥、薑、蒜「煉油」，重在菜餚的香味。蒜鹽灑入熱鍋內，便是西菜大廚讓菜餚飄香的手法之一。美國公司 Penzeys Spices 出品的蒜鹽將灰色大蒜細粒加入米色的海鹽中，有著強烈的大蒜味道。將其灑到待烹製的家禽、豬排、漢堡上都很好；用來灑在已經烤好、熱氣騰騰的馬鈴薯上，或者用來製作大蒜麵包，或者用來調製沙拉，也都很精采。

日本製蔬菜用鹽

　　西菜大廚的手法之二則是使用淺粉紅色的冬蔥鹽（Shallot Salt）。冬蔥口感溫和，不似洋蔥辛辣，在我的廚房裡新鮮冬蔥不可或缺，冬蔥鹽自然也在料理台上有著固定的位置。

　　大廚們也會使用名字就叫做 Spiced Sea Salt 的調味鹽，裡面加了檸檬和百里香，有提味的功效。亞洲風味 Asian Style Spiced Sea Salt，則呈淺棕色，裡面的添加物是大蒜、生薑和芝麻。地中海加味鹽裡面含有大蒜、羅勒、奧勒岡。各有特色與專職。

　　日本料理注重新鮮、衛生、健康，在西方社會有著很高的地位，日本又是食鹽的出產地。我個人對日本食鹽沒有很深的研究，我的台灣友人林立君先生與日本公司有著千絲萬縷的聯繫，常常出差日本，對日本料理知之甚詳。經他介紹，我開始用日本的燒魚鹽烹製海鮮，味道絕佳。林先生也介紹我用熊本縣天草灘久原本家所製造的一種專門用來炒青菜的灰鹽，不愧是明治二十六年已然創業的老店，其產品就是不凡，一味簡簡單單的青菜，用此鹽調味，有一種別緻的香氛。和田縣男鹿市男鹿工房所製黑鹽，可用來調製肉品、海鮮、蔬菜，放在餐桌上也是上好的 Table Salt。完全可以與塞浦路斯黑鹽、夏威夷黑

鹽比美。這些鹽，也都已經進入歐美相當專業的調味品商店，受到家庭主婦們的信任與歡迎。

　　一般的情況下，平常過日子，我們會使用一種棕紅色的調味鹽，將蔥、蒜、糖、黑胡椒、甜椒、迷迭香、百里香、海鹽按一定的比例混合而成，叫做 4/S，Special Seasoned Sea Salt，集基本調味料於一瓶之內，炒個青菜，還真是好用，尤其是沒有什麼滋味的菜花，經這 4/S 提味，就是不一樣。需要進烤箱的魚類和菜蔬，灑上一點 4/S，出得烤箱來，菜餚上面依然有著美麗的淺紅色，甜椒的味道依然濃郁，十分討喜。還有一種比較普通的 Seasoned Salt，顏色沒有 4/S 那麼深，呈棕黃色。仔細研究，黑胡椒的成分比較少，製作口味比較清淡的菜餚，這調味鹽十分好用。一般的美國家庭主婦喜歡一種叫做 Season All 的調味鹽。顧名思義，這鹽可以為任何食材提味。這款調味品物美價廉，顏色深棕紅，不含味精，內含海鹽、辛辣辣椒的粉末、辣椒籽、黑白胡椒、芹菜籽、荳蔻、芫荽、洋蔥、甜紅椒粉、大蒜等等，真是應有盡有。用這調味鹽來烹製蘑菇料理格外出色。有些西菜需要使用牛奶，這 Season All 也是很好的搭配，留下了牛奶的香味，去掉了牛奶的羶腥。唯有一樣，這產品內有微量的矽、微量的二氧化物。另外一種比較單純的 Mixed-up Salt，內含海鹽、大量香草以及大蒜與洋蔥，全部是天然調味品，用於烹製家禽、海鮮、蔬菜都非常好。對於主廚來講，真可謂是一日不可無此君。

　　松露鹽。除了法國人以外，義大利人也善於使用松露。新鮮松露比金子還要貴重，於是調味品公司使用乾燥的松露細屑。最常見便是義大利的黑松露鹽（Black Truffle Salt），雪白的西西里海鹽裡面閃爍著黑色的亮點 —— 義大利黑松露。尚未入菜，已經可以聞到那奇異的香氣。適用於炒蛋、通心粉、土豆泥、紅肉，甚至爆米花。整隻的煮熟的新鮮玉米，燙手，上面塗了黃油，再撒上一點黑松露鹽；啊，那種美味是很難忘懷的。義大利人也用夏日之松露製作松露鹽（Truffle

Salt），淺咖啡色鹽閃爍著深咖啡色的松露色澤，同樣好用。

番紅花鹽（Saffron Salt）。番紅花也是昂貴的調味品，二、三十美元一克是普通價格。加州奧克蘭地方出品的番紅花鹽，米色海鹽中加入了細絲狀的番紅花，可以用來直接塗抹在家禽上，也可以與橄欖油合作，用來醃製白色魚肉和已經去殼的鮮蝦。當然，製作西班牙海鮮燴飯 Paella 的時候，手中若是沒有足夠的番紅花，番紅花鹽也是不錯的選擇。國際市場上也會出現馬達加斯加的產品 Fleur de Sel au Safran。兩種貴重的調味品組成美妙的組合，雪白的來自法國的芙蓉細鹽裡面放入了金黃色的馬達加斯加番紅花細絲。這種鹽比加洲的產品來得鹹，但是金黃的番紅花乃是番紅花極品，非常的悅目，加熱之後非常的香。據說，米其林大廚們喜歡用這鹽來妝點已經完成的菜餚。我自己仍然偏愛實實在在的加州產品。

大家都知道芹菜籽在烹飪中會散發出濃郁的清香，芹菜本身乾燥後與海鹽混合而成的芹菜鹽（Celery Salt）在西式烹飪中也擔負著重責大任；慢火燉煮、用烤箱烘烤整塊的豬肉或者牛肉，可以每磅肉二分之一茶匙芹菜鹽的比例調味，如果是碎肉，芹菜鹽可以減半。不喜歡大塊紅肉，也有其他的食譜可以善用這調味品。

比較特別的烹飪調味鹽還有許多種，比方說一種有著萊姆果香味與甜酸味的鹽 Agave Lime Margarita Salt，那是將「可食鹽」（Kosher Flake Salt）與「塞浦路斯海鹽」（Cyprus Sea Salt）與粉末狀萊姆汁（Lime Juice Powder）以及菠菜粉混合而成，不但適用於任何使用萊姆果汁的食譜，而且可以用來調酒。這種鹽在白色之外還呈現一點淡淡的嫩綠色，十分的悅目，再加上那萊姆果的清香，更是魅力十足。

西菜中，Malt Vinegar 是常用的果醋，味甘，不那麼酸得可怕。將其乾燥成粉末加上可食鹽和細緻的玉米粉，製成柔和的白色烹調妙品——醋鹽 Malt Vinegar Salt，用途廣泛，它會給菜餚帶來果醋的美味卻不會帶來湯湯水水。

新鮮大茴香是我們烹製海鮮時的一種極好的搭配，大茴香調味鹽（Fennel Salt）自然應運而生。這調味鹽呈明黃色，閃爍著淺咖啡色和米色的顆粒，頗悅目。細察其內容，包括大茴香花粉、黑胡椒、奧勒岡、月桂、辣椒草、咖哩、百里香、西班牙辛辣甜椒、芥茉、義大利海鹽等等，並非珍奇，卻是口感強烈之物。美國名廚茱莉亞・柴爾德（Julia Child）有一句名言：「味道寡淡嗎？加一把煎過的培根！」可

將燻過的調味鹽盛放在用橄欖木製作的鹽盒裡。

是啊，並不是每道菜都方便加培根的。我的辦法是，碰上味道過於清淡的菜餚，不動聲色地加上半茶匙的大茴香鹽，不顯山不露水，那盤菜馬上生動起來，馬上就有客人暈陶陶地問：「天哪，您這道菜裡加了什麼調味聖品，這麼引人入勝啊！」這可是我的祕密武器，通常是不會去明示其內容的。

做菜的時候，我也非常喜歡許多不同的現磨烹飪鹽。需要現磨，自然顆粒都比較大。

首選來自佛羅里達州的 Florida Sunshine，白色大顆粒海鹽，一磨之下飄散出橘園的香氛。再來便是卡羅萊納的產品 Carolina Seafood Blend，大粒海鹽與整粒的芹菜籽、芥茉籽、甜胡椒籽，經過研磨，最適於烹製魚蝦，拿來蒸螃蟹，精采無比。還有就是燻過的鹽 —— 淺咖啡色的山胡桃木燻鹽（Smoked Hickory Sea Salt）以及來自肯塔基的

日常用調味鹽，拿帕製品。由左至右：1.肉店用鹽2.加了香草的法國灰鹽3.夏威夷紅鹽4.大茴香鹽5.蒜鹽。

Bourbon Smoked Sea Salt 用於燒烤自然是好，但是在炒菜的時候現磨灑入熱鍋之內，鍋內的菜餚會有絲絲縷縷燻烤的香味，十分迷人。四川風味的現磨胡椒鹽（Szechuan Roasted Pepper & Salt）也很流行，胡椒和鹽都是烘焙過的，格外有味。普通的大粒食鹽與大粒乾燥大蒜的組合也是常用的，這種淺黃色的現磨鹽 Sea Salt & Garlic 比細緻的蒜鹽來得稍清淡些。若是不喜濃烈的大蒜味道，這現磨鹽正好用。

最後，我們來看看菜餚離開爐火之後，或者裝盤之時或之後所需要的鹽。中菜餐桌上那些放在酥炸菜餚旁邊隨食客選用的花椒鹽是其中的一種，我們叫做妝點之鹽 —— Finishing Salts。事實上，這是畫龍點睛的鹽，絕對的輕忽不得。我們剛剛談到的塞浦路斯黑鹽與白鹽都是其中的佼佼者，還有就是海鮮筵席不可或缺的夏威夷紅鹽（Haleakala Red Sea Salt），以及適用於青菜、罕見之水果的夏威夷黑鹽（Kilauea Black Salt）。他們都會給食客帶來難忘的口感經驗。當然，產自澳大利亞的粉紅色晶鹽，不只是味道鮮美，其天然色澤尤其賞心悅目，在宴會餐桌上，十二分討喜。

天哪！這麼多的種類，一時也記不得。有沒有什麼比較簡便一點的辦法呢？加州拿帕地方（Napa）出品木盒裝的重要調味鹽，數種不同的鹽分裝在幾個格子裡，適用於對鹽比較有認識、比較善於烹飪的主廚。洛杉磯愛之味公司（Food of Love, Inc）推出的產品適合每個家庭廚房的需要，小小的長方形塑膠盒子，內裝五種不同的調味鹽，數量不大，說明文字卻非常的詳盡，不但告訴主廚每種調味鹽的內容與用法，尤其可喜的是這家公司善解人意，知道我們不但想知道食鹽的種類更想知道食鹽的產地，一一清楚地加以說明。如此這般，這調味鹽不但帶來愉悅的烹飪時光，我們還學到了許多有關食鹽的知識。

比方說，英國艾塞克斯地方（Essex, England）所出產的食鹽與檸檬、百里香混合而成的調味鹽適合於烹製胡蘿蔔、蛋類、羊肉和沙拉；與萊姆混合則適用於調製龍舌蘭酒，或者灑在瓜果上，口感絕

妙。日本沖繩產鹽與柑橘混合而成的調味鹽與巧克力、橄欖油都是極好的搭配，更適用於雞尾酒的調製。韓國土柱地方（Dochu, Korea）產鹽與陽光下曬乾之杏子混合而成的調味鹽用途極為廣泛，其合作夥伴包括羊肉、豬肉、土豆泥、黑巧克力、櫻桃、堅果、大米，甚至用於製作起司蛋糕。產自法國貴然地（Guerande, France）之灰鹽與當地另一名產薰衣草相混合而成調味聖品，不但可以為白色魚肉提味，可以製作麵包，也可以用於多種甜品的製作。葡萄牙奧嘉芙地方（Algarve, Portugal）是著名的食鹽產地，其產品可與番茄、檸檬、大茴香花粉分別混合而成口味完全不同的調味鹽，其適用範圍幾乎囊括任何食材。

面對著許多奇妙的調味鹽，我常常懷著好奇心來調製不同的菜餚，就是想知道它們和普通食鹽之間的差異，其結果總是令人喜悅的。

但是，人類的試驗常常還是趕不上大自然帶給我們的驚喜。前不久，科學界的報告指出，在非洲大陸的最西端，塞內加爾的維德角，在金色的沙漠裡竟然隱藏著一個粉紅色的湖泊。這是一個三平方公里的鹽湖，所出產的湖鹽在二十世紀七〇年代已經進入了市場。據英國巴斯大學的邁克爾·丹松教授說，這美麗的玫瑰色鹽湖裡有著大量的杜氏鹽藻。杜氏鹽藻是嗜鹽的微生物，會製造紅色的色素。這種色素能夠吸收陽光，進而將湖泊變成粉紅色。不僅如此，因為鹽份濃度的改變，這玫瑰湖會呈現從淺粉紅到深紅的不同色彩，端的十分迷人。

我一邊在筆記本裡寫下這一條資訊，一邊在想，粉紅色的湖裡出產的卻是雪白的食鹽。可不知這鹽是什麼滋味？最佳搭檔又是什麼食材？

細說烹調

在巴黎一家百貨公司樓下的超級市場，我正在那排成方陣的調味品貨架前細細研究許多從來沒有用過的調味鹽。一位婦人匆匆走來，目光專注腳步未停，迅速拿起一瓶塞浦路斯黑鹽，沒有放進臂彎上掛著的購物籃，而是握在手裡，直接走向收銀台。來不及細想，就在她擦身而過的那一瞬間，我請教她：「對不起，麻煩您，您買這塞浦路斯黑鹽有特別的用場嗎？」她站住腳，掃了一眼我的購物籃裡面大大小小的瓶瓶罐罐，微笑著，很親切地跟我說：「我正在燉一隻鴨子。這道菜上桌的時候，最好的調味鹽就是這塞浦路斯黑鹽。」我腦中靈光一閃，「燉鴨而非烤鴨。」那婦人笑得更加溫暖，悄聲說：「妳回去試試看，妙不可言。」

鹽，正是那妙不可言之物，一定要親口試過才真的知道。

下面，我們來介紹幾道菜，製作它們須用一些不一樣的鹽。

一、傳統肉醬麵（*Classic Ragu Bolognese*）

所需材料：三湯匙初榨橄欖油、兩隻切碎之小洋蔥、兩根切碎之粗大的芹菜（如果手中的芹菜很細嫩，切碎之後需要有一杯的分量）、兩根小胡蘿蔔去皮切丁、六盎司絞碎之牛肉、六盎司絞碎之小牛肉、三盎司切碎之義大利鹹肉 pancetta（此鹹肉未曾燻過，還是生的，購買時請店家切成薄片，用時再切成小丁）、半杯不甜的紅葡萄酒、三杯牛肉高湯或雞肉高湯、三茶匙番茄醬（tomato paste）、適量可食鹽、適量現磨黑胡椒、半杯全脂牛奶、一磅義大利雞蛋麵（

tagliatelle 或者 fettuccine，或者我們手邊就有的新鮮雞蛋麵條，寬麵為好）、一把細碎的新鮮波米贊起司。

　　1. 在一隻大而沉重的鍋內（以 Dutch oven 為上選），以中～大火加熱橄欖油，熱炒洋蔥、芹菜、胡蘿蔔八分鐘。加入牛肉、小牛肉、鹹肉，拌炒均勻，需時十二分鐘。加入紅酒，拌炒，讓其滾沸一分鐘。加入兩杯半高湯和番茄醬，拌炒均勻，將爐火轉至中～小火，不蓋鍋蓋，燉煮一個半小時。其間，時時翻動，注意爐火，隨時調整，並以可食鹽和黑胡椒調味。

　　2. 在一小鍋內加熱牛奶，鍋邊出現小泡即可，將熱牛奶加入大鍋內，讓其融入，加蓋，繼續燉煮四十分鐘。如果鍋內物太乾，可以加四分之一杯高湯。這醬汁 Ragu 就做好了。如果時間緊迫，醬汁可以提前一兩天準備，只是要記得，滾燙的醬汁要放冷了之後再放冰箱，需要用時，取出以中火加熱回溫即可。

　　3. 用另外一隻深鍋加水煮麵，在水裡放半茶匙可食鹽，麵條更柔韌。將煮好的麵條過水瀝乾。留半杯麵湯備用。

　　4. 在中～大火上放置一隻炒鍋，放入醬汁和麵條，拌炒均勻。如果太乾，可添加適量麵湯。上桌的時候，灑上適量的波米贊起司。

這道菜的醬汁醇厚，肉類與菜蔬都已經融化了，非常可口。這是義大利家庭的家常菜，很容易調理，不會失敗。在餐館吃飯，絕對吃不到這麼道地的工夫菜。

二、辛辣火腿麵（*Ham and Noodles*）

　　美國主廚喜歡嘗試來自世界各地的各種調味料，來自巴基斯坦北部巴爾蒂斯坦的辛辣調味料 Balti 便是其中的一種。這巴爾蒂斯坦地方在古代受到波斯、西藏和中國的深遠影響，其宗教、文化、習俗甚至

飲食習慣都吸納了上述地區的特色。我們來看看這 Balti 調味料的內容，是不是有似曾相識的感覺：香菜、大蒜、生薑、小茴香、辣椒、錫蘭肉桂、芥菜籽、荳蔻、丁香、大茴香籽、八角、洋蔥籽、胡蘆巴（苦豆）、月桂葉。美國出產的火腿，除了鼎鼎大名的維吉尼亞火腿之外，多半都味甜、清淡。這味道古怪的巴蒂調味料與芹菜鹽搭配正好提味，讓這火腿生動起來。

　　所需材料：半磅新鮮寬條雞蛋麵、兩湯匙黃油、一隻切碎的小洋蔥、半磅新鮮蘑菇切片、兩粒雞蛋打散、一杯（八盎司）去脂酸奶油（light sour cream）、四分之一茶匙～一茶匙巴蒂調味料或者個人喜愛的任何辛辣調味料、半茶匙白胡椒粉、半茶匙到一茶匙芹菜鹽（隨個人口味增減）、一～一杯半個人喜愛的起司用小火熔化之（Gruyere cheese 最精采）、一杯半切成小塊之洋火腿、一杯半或十二盎司冰凍豌豆在室溫下融化、四分之一杯麵包屑（bread crumbs）。

　　1. 將麵條煮好，瀝乾備用。

　　2. 在中火上熔化黃油，將爐火轉成中～小火炒洋蔥，五分鐘以後加入蘑菇，爐火轉回中火，蘑菇棉軟，湯汁收乾即可。

　　3. 在一隻大碗內，將雞蛋、酸奶油、辛辣調味料、白胡椒、芹菜鹽攪拌均勻。

　　4. 烤箱預熱華氏三百五十度、攝氏一百七十七度。

　　5. 在一隻深烤盤（casserole）內壁上薄薄塗抹一層油，用凍硬的黃油直接塗抹到烤盤上就可以了。

　　6. 將一半已經熔化的起司注入大碗內，與酸奶油等攪拌均勻。然後在這隻大碗內加入煮過的麵條、火腿、豌豆和炒好的蘑菇，全部攪拌均勻。

　　7. 將大碗裡的內容全部倒進塗抹過黃油的烤盤內，攪拌均勻，修飾平整。

將另外一半起司小心傾倒在烤盤裡，盡量覆蓋住麵條等物。均勻灑上麵包屑。

8. 將烤盤放入已經預熱之烤箱中部，烘烤四十至四十五分鐘。

9. 將烤盤取出，直接上桌，不要忘記置放隔熱墊。斟一杯紅酒，開飯。

準備一盤青菜或生菜沙拉佐餐即可。

喜歡重口味的朋友可以在餐桌上置放芹菜鹽碟。

三、德式巧克力蛋糕（*German Chocolate Cake*）

德國黑森林蛋糕是獲得全球美食愛好者一致擁戴的甜點，櫻桃酒乃是製作黑森林蛋糕不可或缺的食材。今天我們想藉一種無酒的蛋糕來看看德國甜點大廚對於食鹽的研究成果。

所需材料：

蛋糕部分：四分之三杯天然可可粉，四分之一杯植物油，二分之一杯水，一杯無鹽黃油（正好兩條）在小火上熔化之、兩杯糖、四個雞蛋（將蛋黃與蛋白分離），一茶匙純香草精，一又四分之三杯全麥麵粉（或者兩杯普通麵粉），一茶匙烘焙蘇打粉（baking soda），半茶匙太平洋細鹽，用一湯匙白醋（蒸餾醋）與牛奶合成一杯，置放五分鐘之後方可使用。

奶霜部分：一杯無糖煉乳，一杯糖，三個蛋黃打散，半杯無鹽黃油（正好一條），一茶匙純香草精，一又三分之一杯製成薄片的椰子，二分之一杯切碎的美洲山核桃（pecans）。

1. 將一隻玻璃碗放入凍箱 （freezer），準備等一下用來打散蛋白。

準備八英寸直徑圓型蛋糕烤盤三隻，最好是無底烤盤，側腰上有

一搭扣，很容易將蛋糕「解救」出來。在烤盤下面放置一張烘焙蠟紙，做為盤底。在烤盤內薄薄塗抹黃油，再薄施麵粉。

2. 用一隻小鍋，在小火上加熱可可粉、植物油和水，攪拌均勻，稍一滾沸即移下火口待用。

3. 在一隻大碗裡，放入已經熔化的黃油、糖，攪拌至非常濃稠。在大碗內次第加入雞蛋黃，一次一個，每加一次便用力攪拌，力求均勻。再加入香草精和小鍋內的可可混合物，攪拌均勻。

4. 烤箱預熱華氏三百五十度、攝氏一百七十七度。

5. 在一隻小碗內混合麵粉、蘇打粉和細鹽，太平洋細鹽被混合的速度極快，馬上就消失不見了。

在大碗內，加入麵粉混合物以及牛奶與醋的混合液，一點點添加，大力攪拌，力求碗中的混合物十分地細緻均勻。

6. 最後，將凍箱中的玻璃碗取出，在這冷凍過的碗內，用一把乾淨的筷子迅速擊打蛋白，使之出現峰狀。然後，將蛋白加入大碗，攪拌均勻。

7. 將大碗中的濃稠巧克力分裝到三個已經預備好的烤盤中，放入烤箱中部，烘培三十分鐘，取出後，放在架子上，最少涼快十分鐘，這才解開烤盤，撤除蠟紙。將其中之一放入一個直徑最少九吋的大盤，作為整個蛋糕的底部。

8. 利用烘焙的時間準備奶霜。

在中火上，用一隻乾淨的小鍋加熱煉乳、糖、蛋黃和黃油，用力攪拌，鍋中物濃稠即可，需時六分鐘。

將小鍋移下火口之後，關火。在小鍋內加入香草精、椰子片和山胡桃粒，攪拌均勻。如此，熱呼呼的奶霜就做成了。

9. 迅速將奶霜覆蓋在已經烤好

的三塊蛋糕上，層層疊起。將剩餘奶霜從高高疊起的蛋糕頂上淋下，讓其自由流淌。馬上上桌，趁熱吃，最棒。

這最後最精采的一個步驟需要手疾眼快，可以請家人、朋友動手幫忙，添加歡樂氣氛。身為主廚的你，在一片大呼小叫聲中，可要保持冷靜，記得將那細緻的太平洋海鹽收好，它可是我們的好幫手，須臾離不得的。

四、義大利燴飯（*Risotto*）

所需要的基本材料：七至八杯（五十六～六十四盎司）室溫下的高湯，四分之一杯（兩盎司／六十毫升）初榨橄欖油，半杯切碎之洋蔥，三杯（二十一盎司／六百五十五公克）Arborio 或者 Carnaroli 米，一杯（八盎司）室溫下的不甜的白葡萄酒（dry white wine），一湯匙未加鹽之黃油，四分之一杯碎屑狀波米贊或其他義大利起司，西西里海鹽或台灣七股細鹽，現磨黑胡椒。

可以添加的食材：包括蘆筍，豌豆，蘑菇，鮮蝦（無殼），魚片（無骨、無皮），火腿等等。

作法：

1. 在一隻深鍋內注入橄欖油，中火加熱，加入洋蔥，翻炒四分鐘。

2. 加入米，使之沾滿油，不斷攪動，不超過一分鐘。

3. 加入葡萄酒，聞到酒香，開始加入高湯，留四分之一杯高湯備用。

4. 鍋中物滾沸之後，將中火改為中～小火，加蓋，燜煮二十分鐘。不斷攪動。

5. 加入蘆筍等自己喜愛的食材，如果鍋中物太乾，加一些高湯，

不要超過四分之一杯。灑入鹽與胡椒調味。

　　6. 兩三分鐘後，熄火，將鍋子移下火口，攪入黃油，灑入起司。攪拌均勻，開飯。

義大利燴飯可以是蘆筍燴飯、海鮮燴飯、蘑菇燴飯等等，端看最後加入的是怎樣的食材。這燴飯色澤鮮艷，氣味甜香，入口即化，十分可人。

那一天，天色昏暗，聽說第二天也不會放晴。我呆坐桌邊，百無聊賴。母親給我一塊叫做瑪德琳的小蛋糕，就是那種用扇貝型的模子烤出來的小蛋糕。我掰了一小塊，泡進茶杯裡，無意中舀了一勺帶著點心的茶水入口。就在那一劑妙品碰到我的上顎的時候，渾身一震，記憶的天幕拉開，狂喜席捲而來。毫無疑問，這點心的滋味正是我在貢布雷的某一個星期天早上嚐到的滋味。那一個星期天，我到萊奧妮姨媽房間裡去請安。她給了我一杯浸泡了瑪德琳小蛋糕的椴花茶。我終於知道，手中泡了茶水的瑪德琳小蛋糕與在貢布雷吃到的竟然是相同的滋味！

此時此刻，萊奧妮姨媽鄰街的老宅就像舞台布景一樣在我眼前清晰地浮現出來。當然，斯萬先生家花園裡的姹紫嫣紅、維福納河塘裡的睡蓮、善良的村民們和他們的小屋、教堂……啊，貢布雷的大街小巷，貢布雷的一切一切都那麼畢真而實在地從我的茶杯裡跳將出來，似乎伸手就可以觸摸得到。

——節錄自《追憶似水年華》卷一〈在斯萬家那邊〉

風情萬種下午茶

一杯茶，一塊小小的瑪德琳蛋糕誘發出來的回憶會讓整個幾乎被遺忘的世界重新走到陽光下，纖毫畢現。

　　對巴黎的麗池酒店（Ritz Paris Hotel）發生興趣有著非常複雜的原因，這家酒店自一八九八年開業八年之後，酒店主人 Cesar Ritz 又在倫敦開設了另外一家麗池酒店，再過六年，倫敦麗池的極小部分隨著鐵達尼號葬身海底。可能是對鐵達尼的痛惜，使得我到了倫敦，也不怎麼特別想到麗池去喝下午茶，雖然下午茶源自英倫，雖然這家麗池與我非常喜歡的英倫作家狄更斯（Charles Dickens）關係密切，再加上王爾德（Oscar Wilde），還是不行。說到底，下午茶的全部神髓在於輕鬆自在，鐵達尼、狄更斯、王爾德都不輕鬆。巴黎的麗池卻不同，想到這家超級酒店，有著想要發笑的感覺。

　　坐在巴黎麗池的餐廳裡，眼前制服畢挺彬彬有禮的侍者總是讓我想到侍應生出身的 Ritz 先生，誰能夠想像得到呢，從貧困中走出來的這位年輕人卻將眼光完全投射到富足階層的需要上，經營旅館業，將來客視為衣食父母，客人對房間、菜式、飲料若有些微不滿，二話不說迅疾更換，從不辯解與追問。有了這樣的服務再加上法國現代烹飪的祖師爺 Auguste Escoffier 對上好餐飲的切實保證，這才使得巴黎麗池酒店、後來的倫敦麗池酒店成為二十世紀酒店的標竿。想想看吧，那麼挑剔的香奈兒把巴黎的麗池當作自己的住家住了三十多年，Ritz 父子沒有相當的道行那是可能的嗎？香奈兒這樣的時尚女王又在麗池留下了多少的故事啊！但是麗池的精采處也在這裡，名人居住此地感覺隱私受到保護。名人成為了歷史，從麗池流出去的軼聞趣事幾

等於零，那恐怕也是麗池年復一年成為皇族、名流、巨賈、藝術家、作家、電影明星、政客等等公眾人物趨之若鶩的重要緣由。那位隨時準備和人打上一架的海明威（Ernest Hemingway）也曾經是巴黎麗池的常客，他流連忘返的酒吧現在已經叫做「海明威酒吧」（The Bar Hemingway）。那不是二〇年代的事情，那時候的海明威年輕、貧困、快樂，多半的時候在咖啡館寫作在莎士比亞書店（Shakespeare & Company）K書，不可能在麗池流連，在麗池流連的是費茲傑羅（F. Scott Fitzgerald）。現在麗池的海明威酒吧裝潢得富麗堂皇滿溢著維多利亞時代的風格，當人們坐在絳紅色的扶手椅裡喝下一杯在此地命名的「血腥瑪莉」的時候，心心念念的只是海明威給我們留下的千般美好。我們會記得二次大戰結束以後很久，海明威在這裡與酒吧領班情誼深切地談到費茲傑羅的《大亨小傳》（The Great Gatsby）、伊莎克‧丹尼遜（Isak Dinesen）的《遠離非洲》（Out of Africa），我們當然知道海氏與費氏的私交非同小可，但是海明威守口如瓶，跟領班聊天只講朋友的好話，讓我們更喜歡他。當然我們也會記得海明威這樣說過：「在巴黎不住麗池的唯一理由是住不起。」這真是大實話，住不起麗池的人很多，包括年輕時候的海明威自己。世間絕大多數人都無緣問津麗池的客房，更不用說套房，就像不是每個人都能享有香奈兒的服飾。但是，在麗池吃一頓飯、喝一杯酒、品嘗一次下午茶，還是可能的。

當然，更多的是小說和電影，除了海明威的《旭日依舊東昇》（The Sun Also Rises）、費茲傑羅的《夜色溫柔》（Tender Is the Night）與巴黎麗池有著千絲萬縷的聯繫之外，連現代作家丹‧布朗（Dan Brown）也讓他的可親可敬的男主角蘭登教授住在麗池解開達芬奇在畫中留下的神祕。啊，還

有諜報專家 007，還有身穿 Prada 名貴服飾的「惡魔」，都把我們帶到了現代麗池，或者都讓麗池出現在我們面前伸手可及的地方。如此這般，我們只需打開書本，或者走進一家電影院，或者把磁碟放進播放設備，或者打開 iPhone、iPad、eBook，我們便來到了巴黎麗池，甚至不必來到巴黎這座城市。

但是，此時此刻，人在巴黎，人在麗池，手裡端著一杯椵花茶，面前的點心裡有一小碟海貝形瑪德琳小蛋糕，不可能忘懷的一個人便是普魯斯特（Marcel Proust）。一九〇九年，他在麗池寫了《追憶似水年華》（*À la recherche du temps perdu*）的部分篇章。一般人的下午茶時分，他還在床上高臥不起；晚上七點鐘，是他的「早餐時間」。到麗池吃晚飯或者吃宵夜的人們才有機會碰到這個人——戴著手套、漆黑的頭髮、蒼白如紙的顏面、眼睛有如日本漆器閃爍著光芒。人們會注意到的常識，他視而不見聽而不聞；但是，他永遠能夠看到別人看不見的事物，聽到人們聽不見的聲音和故事。麗池提供的舞台當然是普魯斯特攫取素材的天堂。巴黎社交名流席夫夫婦（Violet and Sydney Schiff）就是在這裡「逮到」普魯斯特的。也正是這席夫夫婦安排了一九二二年五月十八日，現代主義大家聚到了一起的那個極為奇特的晚宴。那一晚的貴賓有小說家普魯斯特、喬伊斯（James Joyce）、畫家畢卡索（Museo Picasso）、音樂家史特拉汶斯基（Igar Stravinsky），俄羅斯芭蕾舞團經理狄亞基列夫（Serge Diaghilev）。如日中天的俄羅斯芭蕾舞團聚集了蘇聯以外的所有的俄國與歐洲的芭蕾舞高手，在巴黎地位崇高。這一日，首演史特拉汶斯基的滑稽芭蕾《狐》，畢卡索為這齣芭蕾設計繪製了舞台布景，把這些現代主義藝術家聯繫起來的則是狄亞基列夫（Sergei Diaghilev）。使得這個盛大的首演晚宴被後人津津樂道的原因卻是席夫夫婦創造契機讓《追憶似水年華》的作者普魯斯特與《尤里西斯》（*Ulysses*）的作者喬伊斯見到面，請他們坐到了同一張餐桌上，席夫夫婦的名字也因此而進入世

界文學史。

那可是他們唯一的一次會面。我指出重點。

是啊，普魯斯特六個月後就去世了，好像跟他拚命寫作有關係。外子J很認真地回應我。

我卻在想，就算是普魯斯特又繼續活了很久，恐怕也完全不想跟這位愛爾蘭作家再見面。想想看吧，餐桌上已經話不投機，等到坐進了狹小的計程車，喬伊斯又是抽菸又是開窗，患有哮喘的普魯斯特怎麼受得了？難怪車子在一兩分鐘內抵達普氏住家，普氏連招呼也不打就與席夫夫人進門去了，席夫先生只好在大門外溫言送別喬伊斯……。

後人以無數版本詮釋這次世紀會面之種種，但都無法改變兩位大師各有懷抱的事實。

真是人生不如一句波特萊爾＊。我們心照不宣地笑了起來。

貢布雷，我說。

伊利耶，J認真回應。

伊利耶—貢布雷。一九七一年，普魯斯特誕辰一百週年，普氏外祖父母所居住過的伊利耶與《追憶似水年華》裡面的「貢布雷」終於在行政區劃上真正聯繫起來而有了這樣的一個地名。普魯斯特渴望在歷史上揚名立萬的勃勃野心是完全地成功了。現實與虛構在這裡再也分不清界線，現實與虛構之間的差異則成為藝術，而藝術是不朽的、是永恆的。

瑪德琳小蛋糕浸泡到椴花茶裡，一種香草茶。

「Linden Blossom Tea」，J皺起眉頭瞧著我，這著名的椴樹大量生長在柏林，樹身可以用來製作上好的家俱。

＊芥川龍之介曾說：人生不如一行波特萊爾。波特萊爾（Charles Baudelaire, 1821－1867）是法國文學史上著名詩人。詩集《惡之華》奠定其不可動搖的詩人地位。

那樹上開出來的花朵泡製成熱茶，浸泡過這熱茶的小蛋糕到了普魯斯特的口裡，便會產生狂喜，整個貢布雷便會一下子回到普魯斯特面前，房間的大小、天花板的高矮、一應布置、床鋪帶來的感覺、香味、陽光的角度……。現時現刻口舌間的感覺、對老宅的諸般感受與瞬間湧到的記憶形成一個奇妙的組合，這個組合使得時間有了立體感，時間被找回來了，屬於過去的一整塊時間被小說家「逮回來了」！我用雙手比劃出一塊大大的「時間」。於是，小說家見識了征服了那個叫做「永恆」的東西，在直覺的引導下一直朝前走，一條道兒走到黑，走到底，終於開啟了通向神奇的大門 ── 這就是整個《追憶似水年華》的神髓所在啊！一杯茶，一塊小小的瑪德琳蛋糕誘發出來的回憶會讓整個幾乎被遺忘的世界重新走到陽光下，纖毫畢現。於是，小說與小說家的生活便完全地融在了一起。我深深呼出了一口氣，喜悅無限，欣慰無限，凝神看著坐在對面的J。

　　我在興奮地說出發現新大陸的這一番話的時候，表情大概相當的執迷相當的瘋狂，J靜靜地看著我，告訴我茶已經冷了，他已經請茶房去換一壺，然後氣定神閑地跟我說，巴黎的浪漫氣氛非常精彩，非常迷人，但是最好不要一下子就領略完了，咱們回到倫敦去晃一圈再來。

　　於是，倫敦。

　　愛德華時代風格立現，燈光柔和、糕點鬆軟可口、周遭氣氛靜謐、輕鬆、適意。在淡紫色牆衣與深紫色窗緯的環繞下，倫敦麗池的茶室將一切的浮躁隔離在了遠處。大理石茶桌的周圍，路易十四時代的玫瑰色織錦扶手椅安頓住了每一位疲倦的旅人。茶杯燙過，還冒著熱氣，徐徐注入滾燙的印度大吉嶺或是英倫伯爵茶，香氣頓時飄散開來。

　　茶室以希臘圓柱與大廳分開，看不到任何的緊張忙碌，茶室裡也沒有任何的計時器，聽不到鐘錶的滴答。於是這一個短暫的飲茶時間就成為一種休息，把繁忙的日程暫時放在一邊的好整以暇。

　　畢竟是麗池，人們相約來此地，穿著比日常衣著稍稍考就。倫敦

本是時尚之都，在這茶室中自然是優雅大方為上。所以紳士淑女們的服飾也都甚為得體，無論在下午的天光下或是在粉紅色水晶吊燈的輝映下，都顯得平實、高雅、自然。

倫敦麗池下午茶時間的燈光色調，以杏子的粉紅色為基調，據 Ritz 家族的人解釋，這樣的色調有助於保持一個祥和的氛圍。不僅如此，這樣的設計也確實是獨具匠心，方便客人穿著幾乎任何顏色的衣裝。

據說，麗池也是第一家酒店允許無人陪伴的女子獨自進入茶室。女子裙襬輕搖猶猶豫豫走了進來，便吸引了紳士的目光，四目相接便聽得謙恭有禮的邀約，不知我是否有此榮幸請您喝一杯茶？或者，落座之後尚無暇環顧四周，便聽得耳畔一聲低語，請問，這張椅子還無人問津吧？抬頭一看，與一張容光煥發的英俊臉龐撞個正著，不禁羞紅了臉。唉，忍不住想到珍‧奧斯汀（Jane Austen）的艱難世界，她那個時代的女子多麼需要麗池提供的便利。

好了，麗池的茶房用青花瓷器送來熱茶之後，上場的便是英美人士一輩子都吃不厭的三明治。每見麗池的三明治，J 總是快樂似神仙 —— 這可是麗池專門做三明治的大廚準備了三個小時的成果啊！他會這樣開場。甚至，據說，麗池三明治大廚的地位相當於日本的壽司師傅。麵包絕對是當天的，切片加進半打以上的食材之後，切成整齊的三角形，垛放成十四英吋長牆磚般的一列，一絲不苟，賞心悅目。

全麥麵包裡夾著經過調味的黃瓜薄片、乳酪起司（cream cheese）、燻鮭魚、蝦夷蔥。白麵包則夾燻火腿、調味煮蛋、芥茉、水芹（cress）、細碎的切德起司（cheddar cheese）。精采之處在於：從那整齊的一列中選取自己心儀的一份三明治，竟然不費吹灰之力也不會

讓那整齊的行列東倒西歪，三明治裡所夾食材也不會掉落。一切井然有序，就像倫敦的橋樑和塔樓。

接下來便是斯岡（Scones）登場，會做這種食物的主婦都知道，這東西真是需要現做現吃，稍微等上一段不長的時間，哪怕您有一口鋼牙恐怕也是咬不動了。所以，麗池的茶室一定要等到下午茶時間才會烘烤斯岡，客人將這不怎麼起眼的一角小餅拿在手上還是溫的，這樣才能咀嚼出斯岡特有的風味。那味道啊，還真是耐人尋味呢。

接下來，便是蛋糕和各式甜點。毫無疑問的，這個時候，最強烈的感覺便是又一次回到法國。那樣濃郁的法蘭西風味，讓所有熱愛甜食的客人身處天堂。首席烘焙大廚帶領七位廚師細心周到地辛勤工作才能保證滿足茶客的需要。其中，尤以千層酥（Mille Feuilles）、奶油泡芙（Puff Pastry）、巧克力伊克麗兒（Chocolate Eclairs），以及草莓蛋塔（Strawberry Tarts）這幾款甜點最受客人歡迎。

我一邊喝茶一邊很放心地讓 J 和茶房細細研究今天下午的茶食，我們是旅人，東西吃不完打包帶回旅館是很不合適的。J 點菜相當理智，他絕對不會被茶房的殷勤套住糊裡糊塗叫上一桌子點心。不像我，常常被茶房的甜言蜜語迷住，糊裡糊塗敗下陣來。

忽然之間，眼睛一亮，這一身銀灰色西裝的不是比利時的 H 先生嗎？他和他美麗的夫人多年前駐節華盛頓，是我餐桌上的好客人，最愛用蛤蜊湯煨出來的獅子頭，每次吃到這道菜都是讚不絕口。看他細心地將獅子頭用調羹舀到小碗裡，小口小口品嘗，臉上漫溢著幸福的表情，我連續幾天的疲累都會一掃而空。他夫人也很懂得吃，總是細心地撈些白菜、干貝絲放在湯碗裡，很陶醉地跟我說，好東西都在湯裡！那還用說，又是蛤蜊又是干貝又是薄如雲霞的義大利火腿，那湯夠多鮮美。

H 先生看到了我們，笑逐顏開，馬上轉身跟茶房說了幾句話。瞬間，茶房隨手推過椅子來，H 先生便和我們坐到了一起。他是出差公

幹來到倫敦，公事辦完，來麗池喝杯茶，明天一早就要回到布魯塞爾去了。這一下，J可是更有精神了，H先生與J旗鼓相當，都是品嘗西點的行家。

兩人馬上直奔主題，確定菜單。去掉那巧克力伊克麗兒，H先生指示。

茶房不失時機為H先生擺上茶具，斟上熱茶，然後直奔廚房。

那茶汁極釅，想來，H先生是此地常客，茶房知道他的習慣。我就跟他笑說，「您還是喜歡濃茶。」他馬上歡喜回應：「府上的凍頂烏龍無法忘懷。」他甚至說得出茶鄉的地名：南投。事隔多年，一位歐洲人記得那台灣獲獎茶的香韻，實屬難得。H先生瞄了一眼我茶盞中淺粉紅色的液體，笑著問道：「您還是喜歡香草茶嗎？」我點點頭，忍不住想到在巴黎也沒有找到的椴花茶。J還補充說，他已經在他的谷歌小設備（NEXUS7）上查過了，連比較接近的萊姆花茶都找不到。我謝謝兩位男士關心，在美國，買得到橘花茶，也買得到加了玫瑰的白茶，各取一湯匙，滾水沖泡出的茶有淡雅的花香，顏色尤其好，口感也不錯。H先生馬上就說，配瑪德琳小蛋糕如何？都笑了起來，異口同聲：「那應該是很不錯的。」

H 先生馬上喚來茶房，如此這般吩咐下去。很快，茶就來了，胖嘟嘟的茶壺穿著厚厚的棉布「外套」用以保溫。茶房躬身為禮，「初次沖泡這花茶，希望您滿意。」同時送上的還有一小碟瑪德琳，檸檬香四溢。

　　真好，熱熱的茶汁帶著橘香、帶著玫瑰香，帶著朋友的情誼，溫溫潤潤，口舌之間馬上熨貼起來。感謝 H 先生如此周到。他回望著我，麗池今後很可能將這一味香草茶放在他們的菜單上。然後，他笑著慫恿，倫敦麗池的瑪德琳是很不錯的，嘗嘗看。

　　J 不經意問到取消巧克力伊克麗兒的緣由，這款點心不是倫敦麗池的拿手嗎？ H 先生很誠懇地說，世界上沒有人比布魯塞爾人更會做巧克力，「內人做這款點心尤其拿手。這麼多年，她常常念叨在華盛頓的美好歲月，想著如何請賢伉儷來家裡喝下午茶，你們若是還有幾天逗留，來布魯塞爾吧，讓我們做個小東。」J 馬上就動心了，竟然回答說：「上一次到布魯塞爾還是四十年以前的事呢，稍縱即逝的青春歲月啊！」想到布魯塞爾的巧克力店，那種溫暖甜美的感覺也是很難忘懷的。J 眼神迷離。

　　我就想到阿嘉莎‧克莉絲汀（Agatha Christie）筆下的神探白羅先生，那位依靠大腦皮層灰色細胞的運動來破案的美食家，看他衣著畢挺幸福地捧著盒子離開巧克力店，我們便可以想像那巧克力的不同凡響。白羅先生在布魯塞爾不會只在 Pierre Marcolini 買巧克力吧？我請教 H 先生。「噢，其實 Godiva 名符其實，真的是比利時的名店，也沒有因為在全世界都有分店而降低品質。」H 先生和顏悅色回答我，「相信，白羅先生一定是 Godiva 的常客，當然是市中心的旗艦店。」

　　聖桑（Camille Saint-Saens）的〈天鵝〉靜靜止歇，杯中殘茶已冷。H 先生在 J 的電腦玩具上留下地址電話電子信箱一應資訊，很鄭重地跟我們道別：「我們布魯塞爾見，越快越好，我和內人盼望著。」

走出麗池，外面竟然在排隊，一看便知都是外國遊客。我跟 J 說，在現代無端的繁忙之中，還有這樣的地方，讓我們靜靜地消磨一小段時間，恢復精神體力。J 卻回答說，我們來的時間剛好，現在就不行了，要排隊，那已經成了心理上的負擔。我納悶，倫敦人怎麼辦呢？麗池如此受歡迎，倫敦人如何找到合適的時間不必與遊客們輪候茶室有限的座位。J 笑說，這麼多的花園、植物園都有好的茶室啊。重點是，需要美麗的帽子，遮陽、避風、時尚，好處很多。所以啊，倫敦是帽子之都！原來如此，我不禁大笑起來。

　　布魯塞爾怎樣？那地方平實得多。J 回答我。於是，我想到英國電視影集《Midsomer Murders》，那許多在花木扶疏的庭院裡、在小小鄉間住宅客廳裡，自家烘焙點心的下午茶。知情人、見證人、三姑六婆，甚至兇手本人與警探們一道喝茶吃點心，無數撲朔迷離的陰謀便在熱茶的氤氳中解套。

　　慢著，J 警覺到什麼，布魯塞爾不是倫敦，可也不是那個杜撰出來的 Midsomer。所以啊，你大約不會碰到白羅先生。我沒有出聲，在倫敦，我們還不是碰到了多年不見的 H 先生，怎麼就能說我們在布魯塞爾一定碰不到來此地買巧克力的阿嘉莎‧克莉絲汀？同時，我在心裡跟普魯斯特道歉，暫時不會到巴黎去看望他了。但是，只要泡一壺花茶，只要桌上有一小碟瑪德琳，在茶與點心的香氛中我就會想念他，想念他筆下的貢布雷。

細說烹調

　　台北外雙溪國立故宮博物院有一間窗明几淨的茶室，寬敞、舒

適、視野極佳。紅木方桌、紅木椅凳、香茗、可口的中式點心，還有古琴曲在室內迴旋。台北圓山飯店也有一間茶室，非常溫馨，他們的蟹殼黃入口即化。那裡也常常播放舒緩的古琴曲。東方的古琴曲、中國的七弦琴、日本的十三弦琴與西方的豎琴、管風琴曲都常常出現在世界各地的茶室裡，作用是一樣的，都希望藉由如此幽雅深邃的樂曲產生一種祥和、寧靜的氛圍。我們在家裡請友人喝下午茶，選擇音樂也是一門學問，可以多多留意。

下面我們來看看一些在下午茶裡常常會遇到的點心，有許多是我們可以在自家廚房裡動手來做的。做西點與做任何麵食一樣要在麵粉與發粉兩樣東西上多加注意。麵粉的選擇直接關係到點心的質量，而發粉是不是恰到好處則關係到製作的成敗。一般來說，做麵包我們會選擇最普通的沒有漂白的麵粉（all-purpose flour），除非食譜要求一定要用做麵包的麵粉（bread flour）。做蛋糕也是同樣的道理，除非食譜要求一定要使用專做蛋糕的麵粉（cake flour）。製作層次很多的酥皮點心，我們會用 pastry flour，但是有的時候，普通麵粉一樣好用。區別在於，普通麵粉沒有那麼細緻；反過來說，使用非常細緻的糕點麵粉，做出來的點心又會比較僵硬，細膩而不夠鬆軟，也不理想。很多點心師傅按照某一種比例將不同的麵粉混合起來製作點心，以期最佳效果。這樣經過千百次試驗的食譜自然最為可靠，但是一般來說主廚不會洩露他們的獨門祕笈。關於發酵粉，也有許多選擇。我們用活性發酵粉（yeast）來蒸饅頭、蒸包子、烙發麵餅、烤麵包。用蘇打粉來製作蛋糕和點心。蘇打有兩種，一種是基本的，俗稱小蘇打，也就是 baking soda，另外一種俗稱泡打粉，也就是 baking powder，其基本成分還是小蘇打，只是添加了一種白色粉末狀酒石酸（cream of tartar）以及玉米芡粉（corn starch）。多半的食譜只要求使用普通蘇打粉，也有很多食譜要求使用泡打粉。這泡打粉的有效期很短，只有六個月。我們把這罐裝的泡打粉買回家來，就要在罐子外面用大字寫明開罐日期。日期一到，趕快丟棄。這種過期的東西會直接導致烘焙失敗，不可不防。於是，一種會自動發酵的麵粉便應運而生。這個寶物叫做 self - rising flour，裡面已經添加了適量的泡打粉和鹽。有了這種自己會發起來的麵粉，我們在廚房裡的日子就好過得多了。

但是，麵粉與發酵粉的比例還是問題，因為許多食譜不能使用這方便的麵粉。而且，天下有許多很不可靠的食譜，導致烘焙失敗。我們必須實驗再實驗，不斷修正食材比例、烘焙溫度，才能走上成功之路。在這個不斷試驗不斷修正不斷改進的過程中，我們絕對需要忠誠坦率的專家意見。經過無數選擇與比較，我最信任的美國出版社有兩家，一家是 McCall's，這一家出版社在二十世紀成為家庭主婦的最佳顧問，也贏得我的信任。但是這家出版社在新世紀已經結束，朋友們在國外旅遊，如果在舊書店見到他們的出版品，不妨買回來作為參考。另外一家是現在正當紅的 Cook's。這家出版社不但出版雜誌，也有專書。一本五百餘頁的烘焙寶典《Baking Illustrated》，文字準確詳實，手繪圖示更是清晰地解釋了許多寫不清楚的操作手法，提出許多有益的建言，成為我在廚房裡做實驗的最佳顧問。

在具體談一道點心的做法之前，還必須提到一樣食材，黃油（butter）。我們通常都是把黃油儲藏在冰箱或是冰凍櫃裡。在做糕點的食譜中常出現的一個詞語是「軟化」黃油。如何使之軟化？用黃油小鍋在爐台上加熱或是放在微波爐裡加熱三十秒，這兩種辦法在做西菜的時候完全可以，在做大型蛋糕的時候也是可以的，用來做細巧的點心卻是完全不可以的。高溫會使黃油「興奮起來」，過度融入麵

粉，使得糕點僵硬、平坦，導致烘焙完全失敗。什麼溫度是合適的呢？華氏六十五度到七十度之間，攝氏十六度到二十一度之間，最為理想。換句話說，就是黃油在室溫中自行軟化是烘焙成功的必要條件。明天要烤點心，今天晚上就把黃油從冰箱裡拿出來，放在一隻有蓋的容器裡，讓它自己舒舒服服地軟化。咱們的烘焙計畫已經成功了三分之一。

一、檸檬瑪德琳（*Lemon Madeleines*）

所需要的材料：四分之三條在室溫下軟化的黃油（六湯匙、三盎司、九十公克），三分之一杯白糖，兩粒大雞蛋（將蛋白與蛋黃分開置放），一粒檸檬的皮屑與果汁（用細緻的擦子擦出檸檬黃色皮屑，不要白色的內皮。再擠出檸檬汁，與皮屑放在一道），一杯自動發酵麵粉（或者二分之一杯普通麵粉加四分之一杯糕點麵粉，加一又四分之一茶匙泡打粉、四分之一茶匙太平洋細鹽），四分之一杯酸奶油（sour cream）。

作法：

1. 在一隻大碗內，將白糖與蛋黃混合，加入已經軟化之黃油，充分攪拌。加入檸檬皮屑和果汁，充分攪拌。加入酸奶油，充分攪拌。加入麵粉（自動發酵之麵粉或是已經加了泡打粉與鹽的普通麵粉），充分攪拌。這時的麵糰比較乾，加入蛋白，充分攪拌後，碗裡的麵糊呈淡淡的黃色，柔韌、細膩、有彈性。

2. 在扇貝形模具內薄薄地抹一層植物油。這種模具通常是法國或美國的產品，尤其以已經加了「不沾」材料的深咖啡色模具或金色模具為上選。一個咖啡色模具可以做十二隻中等大小的瑪德琳，我們需

密封保存瑪德琳小蛋糕

要兩個模具。金色模具比較大，可以做十六隻比較飽滿的瑪德琳，一個模具就夠了。

3.烤箱預熱華氏三百七十五度，攝氏一百九十度。

4.將麵糊用小勺子均勻地放入模具中，力求鋪滿模具的底部，這樣做出來的瑪德琳有型有款十分美麗。需要一點時間，一點耐心，一點靈巧。

5.將模具放入烤箱中部，烘焙十三分鐘，瑪德琳已經鼓漲起來，邊緣出現淺咖啡色，成功。

6.將模具取出，不必等到冷透，就可以裝盤上桌。吃剩的瑪德琳可以密封保存一個星期，留著慢慢享用，尤其是陰雨綿綿的日子，熱茶與瑪德琳會帶給我們比較好的心情。

大家一定注意到了。揉和麵糰的時候，我們沒有放一滴水，全靠黃油、果汁、酸奶油、蛋黃和蛋白來聚合麵粉。因此我們需要最大的雞蛋，蛋白比較多，揉和而成的麵糰也就比較柔韌。

經過實驗，將製作瑪德琳的麵糊密封放進冰箱過夜是一個很不錯的辦法。第二天，將被冷卻過的麵糊放在室溫下「回溫」一～一個半小時，再放入模具烘焙，烤出來的瑪德琳更加鬆軟、迷人，模樣也更漂亮。

奶油斯岡

二、奶油斯岡（*Cream Scones with Currants*）

　　所需材料：兩杯普通麵粉（十盎司），一湯匙泡打粉，三湯匙白糖，半茶匙太平洋細鹽，五湯匙未加鹽的黃油（在室溫中軟化，切成小塊），半杯無籽葡萄乾，一杯奶油（heavy cream）。

　　作法：

　　1. 將麵粉、泡打粉、糖、鹽全部放入一隻和麵盆中，將小塊黃油用手指捻入，或者用一柄小小木鏟來攪拌，盡量使之混入麵粉中。黃油在麵粉裡滾成球，不必擔心，繼續下一步。

　　2. 加入葡萄乾，充分攪拌。加入奶油，充分攪拌。這個時候，由於奶油的作用，麵糰聚合起來，黃油也都均勻地融合在麵糰裡了。

　　3. 將沾手的麵糰放在薄施麵粉的案板上，用力揉，直至平滑、柔韌為止。需時五到十分鐘。

　　4. 烤箱預熱華氏四百二十五度，攝氏二百一十八度。

　　5. 將麵糰擀成一個八英吋的圓，用利刀切成各含四十五度角的八份，疏朗地放置在薄薄塗了一層油烤盤上。

　　6. 將烤盤放進烤箱中部，烘焙十二到十五分鐘。斯岡表面出現淺咖啡色就好。

　　7. 將烤盤取出，最少等十分鐘再裝盤上桌。

這款水果味道的斯岡，可以用細小的醋栗、切碎的鳳梨乾或者木瓜乾來代替葡萄乾，或者選擇自己喜愛的水果乾來搭配，都很好。

因為奶油的作用，這款斯岡非常鬆軟，不會硬到咬不動，加蓋保存三～四天完全不是問題。

在美國的廚具店也買得到斯岡模具，多是美國的產品。十英吋見方的正方形模具，內分十六個三角形，將揉好的麵糰分成十六等分，填進這些薄薄塗了一層油的小三角形內，烘烤出來的斯岡整齊劃一、小巧、美觀。

三、蟹肉法式派（*Crabmeat Quiche*）

　　這 quiche 是道地法國點心，是鹹的，早先常常用來做可口的午餐、野餐。現在，也常常用作下午茶的一部分。quiche 的發音如同 key-shi。它也不像美國的「派」，但是它需要用到一種必須先單獨來烤一下的派皮，如果在食品商場買得到已經做好的新鮮派皮當然省時省事，如果買不到，我們就動手來做。先來看一下一張派皮所需要的材料：一又四分之一杯普通麵粉（六又四分之一盎司），半茶匙台灣七股細鹽，一湯匙白糖，三湯匙低溫蔬菜油酥（vegetable shortening，留在冰箱裡），四湯匙（半條）冷的無鹽黃油（切片），四～五湯匙冰水。

　　派皮作法：1. 在一隻和麵盆中放入麵粉、鹽和糖，充分攪拌。2. 加入冷的蔬菜油酥，充分攪拌。這時候麵粉有點像粗大的砂粒。3. 加入冷的黃油片，充分攪拌，這時的麵粉呈現黃豆大的顆粒。4. 加入四湯匙冰水，用橡膠鏟子攪動，使麵糰聚合，如果太乾再加一湯匙冰水。5. 將麵糰放入有蓋容器中，置放於冰箱內，最少兩小時，也可以提前一天到兩天預備這派皮。

　　自冰箱中取出派皮（從店裡買來的，或者是自己做的），讓其在室溫中停留一小時徹底「醒」過來，在薄施麵粉的案板上用力揉十分鐘，然後將這麵糰擀成十二吋直徑的一個圓，成為一張有彈性的派皮。將派皮放入一個直徑九吋～十吋已經抹了油的陶瓷或者鐵器的派盤中，一定要細細地將派皮與派盤緊緊黏合在一起，派皮的邊緣部分捏成比較厚的花邊，如此派皮的上緣才能好好地照顧裡面的餡子，我們才能烘焙出一個漂亮的 quiche。將這個派盤直接放入冰箱四十分鐘，再放入凍箱二十分鐘，使其固定。將烤箱架子移到最下層，烤箱預熱華氏三百七十五度，攝氏一百九十度。將派盤從凍箱取出來，下面放一張鋁箔紙，將紙的邊緣順著派盤高高豎起來。在盤內的派皮之上再放一張小小的鋁箔紙蓋住底部。在這張小鋁箔紙上置放 pie weights

來壓住派皮，使之平整不會出現氣泡，不需要很重，小玻璃球、小陶瓷珠都是最好的 pie weights，薄薄放置一層就可以了。然後，將派盤放進烤箱烘培三十分鐘，這時候派皮已經乾燥且呈現淺淺的黃色。小心地拿掉所有的鋁箔紙和盤中重物，將派盤放回烤箱再烤六～八分鐘，這時的派皮是美麗的淺淺的金黃色。從烤箱中取出派盤，放在隔熱架上。

蟹肉法式派的餡子所需要的材料：一杯（八盎斯）熟螃蟹肉用兩湯匙切碎之蝦夷蔥（chives）調味，將兩個大雞蛋再加一個大雞蛋之蛋白全部打散，半杯全脂牛奶，半杯奶油，二分之一茶匙日本燒魚鹽，二分之一茶匙白胡椒粉，一點點荳蔻，一點點紅辣椒粉，二湯匙不甜的雪梨酒（dry sherry）。

作法：

1. 將已經調過味的蟹肉放進已經準備好的派盤內。如果手邊沒有蝦夷蔥，用普通的小蔥也可以。此時不要放鹽，保持蟹肉的鮮味。

2. 在一隻大碗內混合雞蛋、蛋白、牛奶、奶油、鹽、胡椒、荳蔻、辣椒、雪梨酒。將碗中材料小心地倒入派盤中，餡子的材料應當距離派皮邊緣處有半英吋的距離。

3. 烤箱溫度仍然是華氏三百七十五度，攝氏一百九十度，將烤盤放在烤箱底部架子上烘培三十二～三十五分鐘。

4. 將烤盤取出後，放在隔熱架上，幾分鐘後便可以上桌，也可以冷卻到室溫再上桌。

quiche 是非常精采的餐點，佐茶、佐咖啡都合宜。吃剩的部分從烤盤取出，用保鮮膜包好，留置冰箱。要吃的時候，拿出來用微波爐或是烤箱稍稍加熱便好。

四、黃瓜三明治（*Cucumber Sandwiches*）

所需材料：一條極為細嫩的小黃瓜（切成極薄之片狀），幾滴果

醋，一小撮英國艾塞克斯地方之細鹽，一些已經軟化的黃油，兩片切得「像紙一樣薄」的全麥麵包。還需要一條稍稍沾水的乾淨棉布茶巾。

作法：

1. 在切成薄片的嫩黃瓜上滴幾滴果醋，灑上細鹽。

2. 半小時後，濾出黃瓜汁。

3. 在兩片薄麵包片上都塗抹薄薄一層黃油，在一片麵包上加上兩層薄黃瓜片，再覆蓋上另外一片麵包。將麵包邊緣切去，沿兩條對角線切成四個整齊的三角形。

4. 下面這個步驟極為簡單卻是關鍵的一步，不可省略。將三明治放在雙手手掌中，輕壓。力度如何才是合適的，要多加實驗。保持三明治整齊美觀是基本要求。

5. 將做好的三明治放在盤中，蓋上略為打濕的茶巾，保持三明治的新鮮。熱茶上桌，這才享用。其滋味如何，要嘗過才能體會。相信，王爾德在雲中下望，也會露出欣羨的表情。

據說，這道三明治不但出現在王爾德的劇作裡，也是他個人的最愛。在舞台上，主人預訂的三明治被貪嘴的親戚吃掉，迫使管家不得不編造故事，硬說是在當天早上無論以怎樣的高價也買不到新鮮黃瓜！聰明的讀者和觀眾會心大笑之餘會想到，這位管家哪怕給主人端上一隻空盤子，也不會以其他的點心來代替這黃瓜三明治，真真是金不換呢。

製作切片煮蛋和水芹三明治，則可以使用白麵包，塗料換用美乃茲（mayonnaise）代替黃油。選取自己喜愛的鹽與現磨胡椒調味即可。三明治內容千變萬化，大家可以一起動手設計出最可口的款式，來豐富我們的下午茶。

底圖是在華盛頓 Folger Shakespeare Library 所 拍攝的照片，這裡是最大的一
間展廳；展覽的是莎士比亞黃金時代的倫敦。
前圖是莎士比亞全集最早的版本， The First Folio of Shakespeare。

奧托里古斯：哈！哈！「誠實」是何等的傻瓜！他的同盟兄弟「信賴」簡直是一個蠢材！我的小玩藝兒全賣掉了，沒有剩下一塊假寶石，沒有剩下一根緞帶，連同鏡子、香球、別針、筆記簿、歌謠、小刀、花邊、手套、鞋帶、手鐲、牛角戒指。人們擠著搶先購買，好像我的小玩藝兒都是些神聖的紀念品，使購者可以得福。這麼一來，我的包袱只好空著肚皮挨餓！就在作買賣的時候，我就看出了也記住了誰的錢包最值得一摸。那位鄉巴佬——他頭腦不太清楚，好像是缺了點什麼——對於女孩子們的歌曲喜歡得不得了，他的兩隻蹄子站在那邊寸步不移，好像要把歌詞歌調全都唱得上口才行；於是其餘的人都被引到了他身邊，他們一味的豎著耳朵傾聽，別的感官全失靈了。你可以在襯裙上偷一把，她毫無感覺；把男人褲襠銼下來：誰也聽不見，誰也沒感覺。人們只是聽著我的那位大爺唱歌，欣賞其中的廢話連篇。於是，就在這令人沉迷的時間，我連扒帶剪，把他們參加盛會的錢口袋都給偷光了。如果不是那老頭子咆哮著來罵他的女兒和國王的兒子，把啄糠的蠢鳥嚇散，我會讓全軍的錢袋無一生還。

—— 節錄自莎士比亞舞台劇《冬天的故事》（*The Winter's Tale*）

可口「錢袋」

來自 Bassai 的這粒圓石一直在我家的壁爐架上。那裡站立著一座阿波羅銅像，是米格諾斯現代藝術家的傑作。圓石靜靜躺在太陽神腳下，於是 Bassai 巍峨的太陽神殿便每天每天出現在我的面前。

對於大英博物館，自然是心嚮往之。人在倫敦，當然不能過門不入，於是便去了一趟。

走進大門沒有幾步，便看到了箭頭指示 ── 「通往萬神殿」，心頭大震。這 Parthenon 在我們的星球上只有一座，就在雅典。曾幾何時，從古老的雅典來到了年輕的倫敦？

我完全地忘記了倫敦的陰濕正讓我的雙膝疼痛不堪，順著那一個個箭頭指示的方向，飛奔而去。J 在我身後緊緊追趕。心無旁騖，我像一隻鳥兒一樣飛越一個又一個展廳、一道又一道長廊。終於，我們站住了腳步，停在了一個巨大展廳敞開的大門口。

這裡就是了，門口有標示。小心翼翼，我邁動沉重的雙腳，跨了進去。這不像一個展廳，而是一個廣場。這不是神殿，沒有那樣的高闊、空靈，四周的牆壁上卻鋪滿了來自雅典萬神殿的大理石雕像，缺手斷足，被削鼻被割耳。這都是希臘雕刻大師 Phidias 和他的同行們的傑作，每一個至今依然存在著的細部都是飽滿的、都是栩栩如生的，都讓我們看得到千百年前他們的英俊、端莊、健美、秀麗、強壯。他們沉默著，在低矮的房頂下，在燈光的照耀下，沒有半點聲音。他們的頭頂上沒有雅典碧藍的天空，他們的身上沒有太陽神溫柔的照拂。在雅典，他們閃耀著寶石的光采。在倫敦，他們蒼白如紙。

我站在這個廣場的中心，淚如雨下。此時此刻，我是太陽神的子民，我的心和希臘人的心一樣碎成了萬片。

The Old Reading Room, Folger shakespeare Library.

J 挽住我，堅定地大步帶我離開。不幸的是，一張小小方桌擋住我們的去路，上面是博物館館方的一紙說明文字，辯稱：希臘被土耳其佔領期間，大英帝國駐希臘使節看到萬神殿雕像散落在地，便向土耳其當局要求將這些「殘片」運回英國。得到土耳其人的欣然應允，這些「殘片」來到大英博物館，「得到最好的保護與展示」云云。

　　但是，希臘早已獨立！雅典早已有了一座美輪美奐的萬神殿雕像博物館！英國政府為什麼不顧及希臘人的情感？為什麼不問一問希臘人民的意願？是的，希臘民族會永遠感激英國人在他們無能為力的時候保存了這些珍貴的雕像，如果在希臘有能力保護這些文明遺產的時候將其歸還的話。但是，究竟是為了什麼，英國要繼續代為保存和展示希臘的藝術瑰寶？難道，大英博物館沒有足以吸引世人的自己的收藏嗎？！

　　我們離開了，心情沉重。

　　忽然，J 停住了，驚訝萬分地呆立在原地不動。就在我們面前，狹窄的大理石階梯通向上面一個所在，介紹文字這樣寫著：「Bassai Temple of Apollo」。

　　Bassai 是一個山區，位於希臘伯羅奔尼薩半島的中部，人跡罕至。正因為人跡罕至交通不便，這裡的太陽神神殿沒有遭到外族的摧殘，也沒有受到戰火的荼毒，保存完整。可以說，這座太陽神神殿是整個希臘境內受損害最輕微的神殿。J 和我曾經開車到那裡去過。崎嶇、荒涼的山路上，只有我們這一輛車顛簸著緩緩前進。神殿在群山之中，屹立在一座丘陵上，整個被籠罩在巨大的帆布棚帳下，顯示著希臘政府保護神殿的決心。神殿外面與希臘境內任何古文明遺址一樣豎立著一塊告示牌，警告來訪者：「請你將雙手放在衣袋裡，不要觸碰這裡的任何一粒石子。每一粒石子都是歷史，屬於希臘人民。」我們將車子停在不遠處山坡上，一個簡陋的停車場。順著寬闊的台階，走進神殿。除了我們兩個人以外，這一天沒有別的訪客。神殿裡，

唯一的一位工作人員，一位希臘中年男子親切地招呼了我們。果真，大殿的廊柱無一折損，大殿的穹頂完美如初。但是，神殿內沒有任何的雕像。而且，檐下山形牆上的浮雕哪裡去了？我們請教那位工作人員，他沒有回答，只是面容悽楚地仰望著那空無一物的高處，那裡只剩下紋理細緻的大理石，平滑如鏡。心中忐忑，我跟 J 說，我要跟阿波羅說幾句話。J 便說天不早了，他先去開車，將車子開到神殿腳下等我。夕陽斜斜地穿透棚帳，灑落在神殿中一堆用來加固地基的石子上。我大聲呼喚：「親愛的阿波羅，祢能不能告訴我，這裡究竟發生了什麼事？為什麼保存得這樣好的神殿空空蕩蕩？是誰，偷走了祢的雕像？」大殿裡回音嘹亮，夕陽跳躍著，照亮了我和身邊的那位希臘男子。終於，在寂靜中，夕照轉成暗紅色。我知道告別的時候到了，我跟阿波羅說：「我會到德爾斐去看望祢，這裡，我大約沒有機會再來。但是，我喜歡這座神殿，我會把這裡的一切都留在心裡，這樣，我每天都能夠看到它……」話音未落，一粒石子從那高高的石子堆上骨碌碌地滾下來，一直滾到我的腳下。我驚恐地看著身邊這位工作人員，他微笑：「拿著，這是阿波羅送給你的。」我彎下腰，拿起這塊圓圓的灰色石頭，上面有一道紅線，宛如太陽即將升起之時的那條地平線。這是太陽神的禮物。我用雙手捧住這塊石頭，誠摯地向阿波羅道謝。此時此刻，晚霞映紅了周圍的山巒，我捧著石頭走出神殿。J 看到我手中的石頭，大叫：「天哪！Teresa，妳不可以帶走……」我身後，神殿的高台階上，那位工作人員滿面笑容正向著我們揮手，「一路平安！」J 這才放下心來。車子繞過山梁，我們看到那位希臘男子還站在那裡，揮著手，送別。我們停下車，也向他揮著手。向他道別。

　　來自 Bassai 的這粒圓石一直在我家的壁爐架上。那裡站立著一座阿波羅銅像，是米格諾斯現代藝術家的傑作。圓石靜靜躺在太陽神腳下，於是 Bassai 巍峨的太陽神殿便每天每天出現在我的面前。

　　眼下，我不在家中，也不在希臘。這狹窄的階梯不可能通向偉大

的神殿，它們通向哪裡？

　　一塊牌子鑲在階梯邊的牆壁上，一八一五年，Bassai 太陽神神殿的部分浮雕被土耳其當局拍賣，英國駐希臘使節在拍賣會上得到這些浮雕，運回倫敦，陳列於此。

　　空間不大，四壁緊密鑲嵌著這些來自伯羅奔尼薩的藝術品，地中央有一把輕巧的金屬椅子，上面懶散地坐著一位百無聊賴的工作人員，他向我們問好。我看了他一眼，就徑直向著那些和我一樣高的浮雕走去，那些浮雕的肌肉骨骼讓我看到了斯巴達勇士。我伸開雙臂擁住他們，身後傳來那英國人尷尬的笑聲：「確實非常美麗，訪客很容易被感動⋯⋯。」我猛然轉身，相信我眼中的怒火讓他再也笑不出來。此時此刻，本來陰雨綿綿的倫敦上空雷聲大作、豪雨傾盆。這個展室的位置高，小小的窗外雨聲湊急格外駭人。我跟那個英國人說：「你知道為什麼倫敦一年到頭陰濕不堪嗎？因為阿波羅根本不願意看見你們！你們花了幾個先令就偷走了祂神殿裡的浮雕，你以為祂不知道嗎？」那英國人擰著眉頭張口結舌說不出半句話，大概他從來沒有聽到過這樣子的一種說法，也從來沒有一個人當著他的面會說出這樣的話來。走下階梯的時候，我拋給他最後幾個字：「在你們把 Bassai 和萬神殿的雕刻還給希臘以前，我們不會再來。」給這幾個字助威的是窗外天崩地裂般的雷鳴之聲。

　　第二天，天高雲淡，倫敦難得的一個好天。J 決心要讓這一天成為一個值得回憶的好日子，於是帶著我過橋，走向著名的劇場區，莎士比亞曾經在這裡生活、居住、寫作、將劇本搬上舞台。這裡，現在依然是英國藝術家們活躍的地區，像紐約的「潮汐」。泰晤士河邊懸掛著巨幅標語——「無條件釋放艾未未！」河邊書店在一進門最醒目的位置陳列著英文版《艾未未裝置藝術》影集。這裡的脈動是傳統的，涌動著莎翁動人的詩句。這裡的脈動也是前衛的，與世界每一個角落息息相關、緊密相連。

THE
Tvvo Gentlemen of Verona.

Proteus My shame and guilt confounds me :
Forgive me Valentine : if hearty sorrow
Be a sufficient Ransome for offence,
I tender't heere : I doe as truely suffer,
As ere I did commit.

　　莎士比亞環形劇場（Shakespeare's Globe Theatre）就在街角，這個仿照老劇場建造的劇場是新的，一九七〇年落成。距離這裡兩百公尺處，才是那個一五九九年建立起來的老劇場的遺址。老劇場在建成十四年後被大火焚毀。重建之後，又在一六四二年被清教徒關閉，到了一六四四年整個被毀掉。三百多年以後，在泰晤士河畔才出現這座美麗的新劇場。這一段歷史似乎正在昭告世人，文學藝術無論傳世與否總是在走著一條艱難崎嶇的路，過去是這樣，現在是這樣，將來恐怕還是這樣。

劇場的外觀樸實、清爽，內部卻優雅富麗，帶著夢幻的色彩。觀眾席的後牆上有著裝飾圖畫，抒情浪漫，讓人聯想到《仲夏夜之夢》（*A Midsummer Night's Dream*）。一位妝扮成侍女的工作人員告訴我們舞台上正在排練，可以坐下來觀看，也可以像當年的許多觀眾一樣站在舞台前的劇場中心那個叫做「戲池」的地方，可以叫好，也可以喝倒彩，「做什麼都可以，就是請不要用閃光燈照相。」她微笑。於是，許多的訪客便將手機舉向空中。

舞台上，正在排演《冬天的故事》（*The Winter's Tale*），已經進入第四幕第四場，波希米亞王子弗羅利澤熱愛著「牧羊人的女兒」潘狄塔，因為「門不當戶不對」，遭到父王的堅決反對。弗羅利澤接受忠臣卡密羅的建議，決定攜心上人搭船出海前往西西里。就在卡密羅將王子與潘狄塔拉到一邊，悄聲耳語，面授機宜的當兒，街頭混混，充作「貨郎」的奧托里古斯又一次出場了。他的獨白極其有名，所以啊，他一出場，觀眾們就大笑了，笑聲恰到好處地遮掩了卡密羅他們的低語。奧托里古斯大大嘲笑了「誠實」與「信任」一番，然後告訴我們，當人們向他買東西的時候，他就已經把每個人錢袋的虛實和那些錢袋的位置都記在了心裡。趁著人們唱歌、說廢話、看熱鬧的時候，他就把許多的錢袋都掏空了……。身著破衣爛衫的奧托里古斯紅光滿面一臉得意，伸出手來，神采飛揚地向台下一指，大家忍不住回頭張望，原來是餐廳方向擺出了大量的點心，這點心的名字就叫做「殷實的錢袋」，值得奧托里古斯伸手的錢袋。觀眾們嘻嘻哈哈奔向香噴噴的「錢袋」，至於王子怎樣與這街頭混混互換衣衫等等精采情節，大家已經顧不得細看了。

這金黃色、熱呼呼、香噴噴的「錢袋」果真飽滿，一客兩隻，再加上一些很爽脆的生菜沙拉，就是滿好的一餐午飯了。沒想到，這一客午餐還附帶一塊法式麵包，上面紅的黃的有著一些煮過的水果，飄散著酸酸甜甜的馥郁香氣。餐廳的工作人員，一張圓臉紅噴噴的，她

笑眯眯地說，您還記得《一報還一報》（*Measure for Measure*）吧，第二幕第一場，在妓院當差的龐貝說到的梅子……。這就是了，這就是那軟軟一坨讓懷孕的婦人饞涎欲滴的絳紅色妙物。

坐在二樓餐室裡憑欄下望，舞台上的排練已經結束，工作人員正在試著調整布景，把遠山近樹在半圓形的舞台上搬來搬去。舞台下面指手畫腳的不但有演員、導演、舞台設計，還有熱情的訪客；這最後一類人特別地熱心，身上背著旅行袋跑前跑後，根據著他們自己對莎翁戲劇的了解，提出千奇百怪的意見與建議。莎士比亞劇場的人們耐心地聽著這些素不相識的讀者、觀眾的意見，調整著手中的布景道具。此時此刻，這裡融會著五百年來對莎翁戲劇程度不一的認知。難怪，在這個劇場的演出永遠是最細膩的、最精緻的、不斷試驗著的，也是不斷完善著的。

J 聚精會神地看著樓下生動的話劇，臉上表情豐富。此時此刻，他自己也變成了整個劇情的一部分。

我卻在眾聲喧嘩之中聽到了一聲輕響，是一個十二歲的孩子穿著舊布鞋踏在年久失修的老地板上的聲音。地板是木頭做的，隨著這孩子的腳步，輕輕地唧唧嘎嘎地響著……。

那是一九五九年的早春，大飢饉猶如濃厚的烏雲已經君臨中國大地。在北京市東城區燈市口大街上有一所女子中學，叫做女十二中。我在一九五八年九月進入這所學校念書，她的前身是美國傳教士創立的貝滿中學。在那個寒冷的早春天氣裡，我怯生生地走進學校側面的同福夾道，當年，這裡有一道後門，直通圖書館。教會學校自然是有教堂的，一九四九年之後，教堂被廢棄不用了，變成了圖書館。初中一年級的下半學期，我開始與這個圖書館發生了一些半個世紀以來沒有任何人知道的非比尋常的關係。

借書的地方在樓上，我小心地踩著狹窄的木頭樓梯，走了上去，走向「借閱處」的櫃檯。這時候，我腳下的地板，高低不平的地板，

就發出了唧唧嘎嘎的聲音。早已下學了，學生們早已各自回家。我已經十二歲了，已經歷過了遭到眾人欺凌手足無措的狀況，已經開始學習保護自己。「人多的地方不去」是自我保護的方法之一，所以會等到放學以後才來圖書館借書。

我的手裡捏著一張紙條，上面是老師開列的「翻譯文學」書單：《卓雅和舒拉的故事》、《鋼鐵是怎樣煉成的》、《青年近衛軍》、《古麗婭的道路》。我知道，這些蘇聯的當代「經典」絕對沒有大仲馬、狄更斯的小說好看。但是，當年的中國，中學生的課外閱讀是受到嚴格限制的，老師開列的書單不是參考書而是必讀之書，我必須到圖書館借閱這些書。

大概是聽到了樓板的響聲，櫃檯後面出現了一個人，一個我從來沒有見過的人。他的面目在昏暗的房間裡看不很清楚，他戴著眼鏡，戴著一頂藍色的帽子，穿著一件藍色的制服，胸前的口袋上別著一支鋼筆，除了那支鋼筆閃著亮光以外，這個人整個是灰撲撲的，沒有一點光彩。

我走上前去，遞上書單和我的借書證。這時候，我看到他的眼鏡有著最普通的沒有顏色的塑膠框子。他看了一眼我的借書證，那是一本小冊子，外面有我的班級和姓名，裡面的小格子上寫著我借過的書名，借閱與歸還的日期。沒有任何的與眾不同，上面都是上個學期老師要求我們閱讀的中國當代的「名著」，寫「土地改革」、「農民翻身做主人」的就有好幾本。他坐下來，在我的書單上打了一個勾，然後在我的借書證上寫了幾個字，就站起身來走了開去，消失在暗幽幽的書架之間。過了不長的一會兒，他回來了，手裡拿著《卓雅和舒拉的故事》。他把書單和借書證放在書上，雙手拿著書，遞還給我。他從眼鏡後面看著我，眼神平平淡淡，和他這個人一樣，沒有半點光彩。

雙手接過書的剎那，我發現上面這本書的下面還有一本書！我

的心怦怦地跳了起來！我馬上將書和借書證等等放進我的帆布書包裡，在第二本書也落進書包的時候，無論如何按捺不住強烈的好奇，看了一眼書脊 ── 《窮人》。杜斯妥也夫斯基的這本書信體小說，我曾經在戈寶權先生家的書櫃裡看到小說的封面，卻還沒有機會讀到這本書。喜出望外，我真想跟這位圖書管理員說一聲「謝謝！」抬頭一看，他已經不見了，再一次消失在書架之間。

回到家，外婆問我，今天怎麼回家晚了？我大聲回答，上圖書館借書去了。借了什麼書呢？外婆又問。《卓雅和舒拉的故事》，我回答得字字分明。隔牆有耳，是外婆不斷告誡我的一句話。所以，我只是用快樂的笑容向她表示，我的收穫遠遠不止這一本書。聰慧的外婆笑瞇瞇地看著我，祖孫兩人交換了心照不宣的眼神就各自忙起來了，外婆回到廚房，我回到臥室，在書桌前先把功課寫完，然後仔細看那張書單，在《卓雅和舒拉的故事》後面，圖書管理員打了一個勾。在我的借書證裡，他工整寫下這本書的書名以及我借閱的日期。我就在想：「借一得二」，這是一個非常危險的遊戲，被人發現就不得了。圖書管理員「只做不說」，我也應當如是。這樣的一個遊戲，要想繼續下去，唯一的辦法就是不出一聲。晚上，北風在窗外怒號。外婆坐在我對面編織毛線襪子。我把《卓雅和舒拉的故事》放在一邊，打開了《窮人》。饑渴的我馬上就被書中那真摯的情感深深吸引，埋頭看書，什麼也聽不見了。外婆什麼也沒有問，只是靜靜地守護著我。到了應該上床的時間，外婆也沒有多說什麼，只是把一根織毛線的竹針放到了我眼前攤開的書本上。我停止閱讀，把書闔起來，就像那圖書管理員一樣將兩本書疊放著，一上一下，雙手交給外婆。外婆想也沒想，就把上面那一本仍然放回到書桌上，只是把《窮人》放進毛線籃子裡，一邊說著「明天要穿暖和」之類的家常話，一邊慢慢地走回她自己的臥室去了。在一個沒有隱私的社會裡，我的睿智的外婆是最會藏匿東西的，她聲色不動地收藏著許多被人知道就不得了的東西，她會一言不發地保護好這本書。我非常的放

心。

　　但是，擁有一個絕大的祕密，是多麼快樂的事情！我太快樂了，根本沒有想過，為什麼這位好心人要給我這樣的機會？他怎麼能夠信任我不會魯莽地將這祕密洩露出去？沒有，在那一個北風呼嘯的夜晚，我的心裡只有快樂，只有被杜斯妥也夫斯基的小說激盪起來的感動，我睡得好極了。

　　外婆從未問過我，書是從哪裡來的？我也不做任何解釋。但是，我知道，外婆非常高興我有機會讀「禁書」。被當局禁止的書，有哪一本不是好書呢？

　　第二天晚上，我又在書桌前坐下來，《窮人》再次出現在《卓雅和舒拉的故事》下面，面對外婆的微笑，我忍不住快樂地抱住她。現在，我們兩人有了一套辦法，不聲不響地來繼續一個對抗當局文化箝制的遊戲。

　　數日之後，也是放學以後，我回到學校圖書館，雙手奉還兩本書。這位圖書管理員面對我的微笑依然是面無表情的。這一次，我借到《鋼鐵是怎樣煉成的》。摸得出來，下面有另外一本書，但是我已經想清楚了，在任何時候都會有人走進來的圖書館，我應當特別謹慎，所以我只是將書籍放進書包就離開了，沒有悄悄去看那是怎樣的一本書。

　　晚飯後的閱讀時間，謎底揭曉，我面前是萊蒙托夫的《當代英雄》。這次，我沒有笑起來，眼淚卻掉了下來。是感激的眼淚。這位連姓名都不知道的圖書管理員，他在做著一件多麼危險的事情。對我來說，又是多麼深沉的關懷和愛護啊！

　　終於，有一天，在法捷耶夫那本又厚又重的《青年近衛軍》下面，出現了薄薄幾十頁的莎翁戲劇單行本，就是這《一報還一報》，這齣戲教給我整個中國社會完全欠缺的一種精神，這種精神是高貴的，它的名字叫做仁慈。

當今世界，仍有烘焙師傅揉製「文藝復興麵糰」。

　　我曾經婉轉地打聽這位圖書管理員的姓名，得到的回答都是不屑的：「那個老頭兒啊，右派。誰知道他叫什麼！」是的，我從來沒有跟他說過話，也從來沒有在其他的地方見到過他。難道他就住在圖書館的某個角落裡嗎？沒有答案，也不能去尋找答案。我知道，自己的一舉一動常有人盯著看，所以也從來不敢隨意地去尋訪這位好心人。直到將近半個世紀以後，我和一位同年級不同班的老校友見面聊天，我們談到了我與這位圖書管理員之間的「祕密」。這位老校友很內行地解釋給我聽，「妳是『名人』，大家都認識妳，妳不認識大家。妳一再地在大庭廣眾面前被當成政治運動的靶子，無人不知無人不曉。那位圖書管理員恐怕是很同情妳的，也是很信任妳的，要不然，他犯不上冒這麼大的險……。」

　　是啊，在我的少年時代，古典中文的閱讀，全靠外婆的指點。翻譯文學的閱讀，全靠這位好人提供的機會。是他們兩位在文化的絕對荒蕪之中為我開放了一座文學的百花苑。

　　當年，在我家客廳的書櫃裡，鎖著一部精裝的、厚重的莎士比亞全集。但是，外婆的權限到不了這裡，她沒有書櫃的鑰匙，我便沒有

Gen. 2. What, pray you, became of *Antigonus*, that carryed hence the Child ?

Gent. 3. Like an old Tale still, which will have matter to rehearse, though Credit be asleepe, and not an eare o-pen ; he was torne to pieces with a Beare:

機會打開這部書。我是靠著那位圖書管理員的幫助,靠著原來貝滿中學的藏書,一本又一本,讀遍莎翁戲劇的。猶記得,在初三的上半個學期,含著淚水,一再地誦讀《羅密歐與茱麗葉》(*Romeo and Juliet*)。那時的我已經完全可以預見,在這個政治掛帥的國家裡,在愛情的路上,將是怎樣的荊棘叢生、怎樣的無助、怎樣的令人絕望。

　　猛然一驚,只聽得耳畔雷聲大做。這才明白,我這會兒是坐在倫敦莎翁劇場的二樓上。雷聲來自一隻裝著鋸齒木輪的小推車,這小車正被一位舞台工作人員在地板上推過來推過去,不斷製造出駭人的雷

聲。緊跟著，又有一位大力士搖動起一個中空的鐵皮大輪子，裡面裝著沉重的砂子，正在發出沙沙的急雨聲。

J 正大聲跟我說話，努力壓過震耳欲聾的雷雨聲。沒有法子，我只好湊近他，聽他斷斷續續說道，這裡晚上演出《羅密歐與茱麗葉》，我們要不要看？而且，甚至晚飯也可以在這裡吃……。

忽然之間，雷聲雨聲都停止了，J 猛然發現他正在大聲說話，聲音大得嚇人，趕快閉嘴。我們兩人都笑了起來，劇場就是劇場，到處都是戲。

定了定神，J 小聲問我，還記不記得《羅密歐與茱麗葉》，第三幕第五場。

怎麼會忘記呢？無論夜晚曾經是多麼的美好，清晨是畢竟要降臨的。從甜美中醒來，茱麗葉捨不得羅密歐離去，「你現在就要走了嗎？天還沒有亮呢。不是雲雀的鳴叫刺傷了你驚恐的耳膜，是夜鶯啊！這隻夜鶯每天晚上都在那棵石榴樹上唱歌。相信我，我的愛，那只是夜鶯的歌聲啊……。」

J 馬上接了下去，處在危險中的羅密歐的腦袋還是很清醒的，他回答說：「那是雲雀在報曉，不是夜鶯在唱歌。晨曦不懂得體貼，它已經在東方的雲朵上面鑲上了一條金線。夜晚的星光已經消失了蹤影，心情愉快的白晝已經輕巧地跳上了籠罩著迷霧的山巔。我必得啟程去尋找生路，不能停留在這裡束手待斃……。」

誰都知道，這是羅密歐與茱麗葉的生離死別。拆散他們的，不但是兩個家族的仇隙，不但是命運的撥弄，現在還加上了雲雀，這不懂得體貼的鳥兒！觀眾們愛上了這一對令人心痛的情人，於是怪罪那些愚蠢的家人，怪罪命運的薄倖，也怪罪雲雀的不知好歹。

雲雀個頭兒小，也不容易捕獲，滿心怨恨的廚娘們沒有法子將雲雀做成一道菜，便以切成片的小牛肉來代替，卷裹起新鮮蔬菜、莓果的葉子和一些普通的香草，煎煮之後既好吃又有點像一隻隻的雲雀。

於是這樣一道菜就成了人們觀賞這齣戲之前的晚餐或者看完戲之後的宵夜，這份菜譜也就和莎翁的名句一道流傳下來了。

這一個晚上，我們先是在莎翁劇場的餐廳裡品嘗了這道菜，然後，又在這個劇場裡，觀賞了原汁原味的《羅密歐與茱麗葉》。

很有意思，羅密歐與茱麗葉的悲劇人人都熟悉，演出開始以後，看得到，很多觀眾的嘴都在動，他們眼中含淚喃喃低語著莎翁時代的英文，完完全全地沉浸在這一齣詩劇裡。他們不只是來看一齣戲，他們是與莎翁一道來完成一件藝術品。這樣的情景，也似乎只有在莎翁戲劇上演的時候才會出現……，噢，希臘悲喜劇在希臘的古劇場上演的時候，也會出現這樣的情景……來自世界各地的觀眾輕輕低語著不同語種的台詞……也是震撼人心的場景。

中場休息的時候，我的思緒飛離了倫敦，回到雅典，來到萬神殿緊鄰的古劇場。這個劇場像所有的希臘古劇場一樣是半圓形的，舞台就在直徑的中心，觀眾席順著那半圓展開，層層升高。於是，觀眾們俯視著舞台上的演出，後排的觀眾簡直就是鳥瞰演出了。這種劇場都是露天的，看得到繁星，或者沐浴在月光下。雅典這座劇場當然遭受過毀損，但是希臘人修復了它。原來的老石頭和後來的新石頭與水泥完美地連結在一起，整齊美觀卻又古意盎然。更重要的是，觀眾席就像回音壁一樣地保護了舞台上發出的聲音，無須擴音器，每一位觀眾都聽得清楚每一句台詞，每一個音符。

雅典萬神殿的古老石壁成了劇場的一道屏障，非常的美麗。石壁上坑坑窪窪，許多鴿子就在那坑窪之處建巢，成為萬神殿永久的居民，成為古劇場永遠的觀眾。

欣賞一齣戲或是一個樂團、一個舞蹈團的演出的時候，我常常撫摸著座位上那古老的石頭，看著舞台上方石壁上鴿子們交頭接耳，感覺著神力、人力與大自然之間最美好的契合。

真好！J衷心讚歎。我知道他讚歎著莎翁環形劇場的一切美好。

我完全同意。

真好！我也衷心讚歎，加上了希臘神殿、希臘古劇場、夕照、星光、月光、鴿子，當然還有石頭，巨大的石壁、巨大的雕像、精緻的浮雕，以及小小的灰色圓石。

細說烹調

一、可口錢袋（*Beef Purses*）

所需材料：八盎斯（半磅）絞碎之牛肉、四分之一茶匙乾燥細碎之迷迭香、三分之一杯無子葡萄乾或者醋栗、六粒切碎之蜜棗或無花果乾、一湯匙切碎的蜜餞薑、四分之一茶匙細碎乾燥肉桂、四分之一茶匙細碎乾燥荳蔻、兩湯匙黃糖（light brown sugar）、半茶匙鹽、四分之一茶匙黑胡椒、一粒打散的大雞蛋。

文藝復興麵糰之所需材料及其作法：一杯點心麵粉（pastry flour，高筋麵粉）、四分之一杯冰水、一粒冷的打散的大雞蛋、四分之一杯黃油（正好是半條黃油，切成小片）。將麵粉、冰水、雞蛋統統放入和麵盆內，用力揉成麵糰。在一塊冰冷的麵板上，將麵糰用擀麵杖擀成一個圓，將一些黃油小片嵌入，揉成糰。再次重複，直到全部黃油小片都已經均勻地揉入麵糰中為止。這時的麵糰是非常的光滑，非常的有彈性了。用保鮮膜包好放入冰箱一小時。使用之前，這「文藝復興麵糰」最少要在室溫下「醒」一小時才可以使用。

製作可口錢袋之方法：

1. 將牛肉、迷迭香、葡萄乾、蜜棗、甜薑、肉桂、荳蔻、糖、

鹽、黑胡椒全部放入一隻小盆內充分攪勻，封閉，放入冰箱最少六小時或者乾脆放入冰箱過夜。

2. 第二天，將烤箱預熱至華氏三百五十度、攝氏一百七十七度。

3. 將已經「醒」好的文藝復興麵糰再次揉過，分成二十四份，每一份擀成直徑三英吋的圓圓的「餃子」皮，將牛肉餡料放在麵皮中心，捏成扁平的餃子形狀。用打散的雞蛋刷在餃子的表面（一面即可），放入已經抹了油的烤盤。

4. 將「錢袋」放入烤箱中層，烘焙十五分鐘，絕對香氣襲人、絕對可口、絕對非比尋常，因為很少有餐館肯花時間製作這樣費工費時的點心。

二、紅酒梅子小土司 (*Dried Plums with Wine and Ginger –Zest Crostini*)

義大利文 crostini 就是 little toasts，也就是小土司，抹了橄欖油烘烤過的小片麵包。上面的添加物可以是任何好吃的東西，紅酒梅子只是其中的一種。我們可以舉一反三，做出許多有趣的 crostini 來，尤其是親朋好友相聚的時候，絕對討喜。

所需材料：一杯紅酒、兩湯匙白糖、六盎司梅子乾（通常已經去核）、一根兩吋長的肉桂、一條法式或義式棍子麵包、兩湯匙初榨橄欖油、兩湯匙薑蓉、半隻檸檬的皮屑。

作法：

1. 將紅酒、糖、梅子乾、肉桂放在一隻小鋼精鍋裡，用中火熬煮三十分鐘。

2. 丟棄肉桂，用一把叉子搗碎梅子。

3. 將麵包斜著切片，塗上橄欖油，灑一點鹽（太平洋細鹽、芙蓉細鹽、七股細鹽都好），放入烤箱或者烘麵包機，烘烤成金黃。

4. 在烘好的麵包上，放一勺熱梅子，灑上一點薑蓉、一點檸檬皮

屑。裝盤上桌。此物在食客的圍繞下消失得極快，絕無剩餘。用於午飯、下午茶，或者用於晚餐之開胃前菜，或者只是當做零食送給懷孕的親友，都好得很。

三、小牛嫩草（*Herbed Veal Rolls*）

所需要的材料：半杯的蔓越橘乾（cranberry），三分之一杯白葡萄酒，兩個煮熟的雞蛋黃，已經熔化的兩湯匙黃油，六粒切碎的梅子乾，一杯半切成大片的蔬菜和香草（這是極有彈性的一個部分，舉凡菠菜、薺菜、芹菜、韭菜、小白菜、高麗菜、芫荽、百里香、蝦夷蔥、鼠尾草、草莓葉等等，只要可口，只要夠嫩，都可以入選），三根切成絲的小蔥，十二片切得很薄的小牛肉（veal，切成三～四英吋

威尼斯果菜市場：製作〈小牛嫩草〉時，可在此選購好用之食材。

見方之薄片），鹽與現磨黑胡椒各四分之一茶匙，兩湯匙初榨橄欖油，四分之一茶匙 mace（用荳蔻外皮磨成的粉末，較荳蔻辛香，甘甜，顏色也漂亮。如果手邊沒有這味妙品，可以用普通荳蔻，只是份量需要多一些。四分之一茶匙 mace = 一茶匙荳蔻），八分之一茶匙肉桂末，八分之一茶匙丁香末，半杯切成細條的菊萵苣（endive），四分之一杯切碎之洋香菜（parsley，葉子扁平的最好），十二根細細長長的蝦夷蔥（裝飾用）。

作法：

1. 將蔓越橘乾浸泡在葡萄酒裡三十分鐘，把蔓越橘撈出來放在小碗裡，留著葡萄酒備用。

2. 在一個大碗裡，搗碎蛋黃，加入已經熔化的黃油，攪拌均勻。加入切碎的梅子乾、泡過酒的蔓越橘，以及兩湯匙泡過蔓越橘的葡萄酒，攪拌均勻。

3. 在同一隻大碗裡加入蔬菜、香草和切成絲的小蔥，就像翻弄青菜沙拉一樣將大碗裡的佐料和青蔬攪拌均勻。

4. 在小牛肉薄片上灑上鹽和胡椒。在每一片牛肉上放置兩湯匙已經攪拌好的青蔬。把牛肉片卷裹起來，用廚房使用的小繩捆扎住，使之固定。

5. 取一隻大號平鍋，以中～大火加熱橄欖油，將肉卷小心地放進去煎，兩分鐘翻一次面，肉卷呈棕黃色即成。轉成中～小火，在鍋內加入剩餘的葡萄酒、mace（或者荳蔻）、肉桂和丁香，熬煮三分鐘，葡萄酒收乾即成。

6. 在每一隻盤子的中心放置兩個肉卷，灑上菊萵苣、洋香菜。如果有興趣，可以剪斷繩索，換上美麗細長的蝦夷蔥，這肉卷就更漂亮了。如此，可以招待六位食客。

女人專心一意地解絹絲結。紅色的、淺水藍色的,一小截、一小段的,千頭萬緒糾纏成結,必須耐著性子才能從中挑出頭緒。她左手的小拇指上有捲成一條筒狀的明信片,將挑出來的線絲繞於其上,紅色的在一端,淺水藍色的在另外一端。挑出線頭後,立刻繞在明信片上,雙手靈活俐落一刻不停。一堆堆糾結成團的絹絲,很聽話地在她手中舒展開來,使旁邊觀看的人覺得心情舒暢。

──節譯自川端康成《掌中小說》〈嫩芽〉一文。

聯合國的女人們

距離位於東河之畔的聯合國總部，有著三十多個街口。在聯合國大廈附近，
在四十六街上，有一所私立的聯合國學前學校，口碑極好。

從一九八六年夏天到一九八八年夏天，外子 J 在派駐聯合國紐約
總部的美國使團工作，於是我們住在曼哈頓上東城二號大道和三號大
道之間的七十二街。距離位於東河之畔的聯合國總部，有著三十多個
街口。在聯合國大廈附近，在四十六街上，有一所私立的聯合國學前
學校，口碑極好。一九八七年二月，我們的兒子安捷十六個月大，我
們便送他進了這所學校。

在聯合國的大小廳堂裡，在學前學校的走廊和休息室裡，在這附
近的咖啡館裡，在街頭巷尾無數的童裝店、玩具店、童書店裡，在前
往中央公園的林蔭道上，來自世界各地的聯合國的女人們互相認識
了，自自然然地交往著，互通有無。在聯合國上演的無數大戲之外，
她們形成了這個政治舞台上最為柔美的一道風景。她們有著許多共同
點，她們的丈夫都被他們的國家派駐聯合國，因此她們必得參加外交
圈的各種茶會、酒會、餐會、招待會，盡心盡力擔負起她們身為外交
官眷屬的重責大任。她們也都有著幼小的孩子，孩子們都上聯合國學
前學校。曼哈頓是一個方便步行的城市，她們推著各式各樣的嬰兒
車，走在大街上，迎頭碰上另外一位剛剛認識不久的女子，於是停下
腳步，隨意聊聊。車裡的孩子也快樂地唧唧嘎嘎，用天知道的什麼語
言互相交換有趣的訊息。聽到她們濃重的外鄉口音，道地的曼哈頓人
唇邊浮起微笑：這些聯合國的女人！

吉爾瓦娜是其中之一，真正的義大利西西里美女，長及腰部的頭

髮漆黑如絲緞，雙眼明亮如晨星，兩條柳眉直插鬢角，讓她的臉上有著一種颯爽的英氣，格外迷人。她還年輕，三十剛出頭，有著一對雙胞胎，兩個漂亮的男孩。我帶著兒子到聯合國學前學校的頭一天，就看到了她，她也是帶著兩個兒子來這所學校報到的。按照學校的規定，我們把孩子送進了課室之後，就必須在家長休息室等待三個小時，等孩子們放學。當然，如果孩子有什麼問題，比方說和別的孩子鬧翻了，或是不舒服了，或是要上廁所了，老師就會把孩子送到休息室來，家長們就要把孩子的問題處理好，再送到課室去。於是，這一天，我就和吉爾瓦娜坐在休息室裡聊了好一會兒。

　　這位義大利女子非常坦率，說了沒有幾句話，就很直爽地發表了她的意見。她有許多的「沒有想到」，比方說，沒有想到義大利政府不肯為她的兩個孩子付全額學費，只肯付一個半；「生雙胞胎，又不

歐洲的「佐料」市場。在這樣的市場裡，我們能夠撞見許多從未聽聞的佐料。

是犯了什麼錯，他們是上帝給我們的禮物啊，怎麼可以這樣對待他們呢？」我當然知道，這家學校是多麼昂貴，半份學費不是小數。於是溫言勸她與義大利使團再溝通一下。她苦笑，已經與財會部門討論過了，「說是明文規定，沒有通融的餘地。妳看，我來到了曼哈頓，卻沒有很多機會到百老匯看歌劇，學費佔據了開支不說，褓姆的鐘點費又那麼可怕，兩個孩子，硬是要收兩份鐘點費，他們晚上九點鐘就上床睡覺了。九點鐘以後，褓姆只是坐在客廳看電視而已……。」

原來如此，她的困境只是不能隨心所欲看歌劇，並非三餐不繼。於是我很清楚地告訴她，每天下午可以到時代廣場附近的售票亭排隊購買當天百老匯以及外百老匯的各種演出的半價票。話沒說完，她就撲了過來，開心地抱住我，搖過來搖過去。好不容易掙扎出來，我又解釋給她聽，為什麼曼哈頓的褓姆鐘點費這樣高，「她們不是一般的褓姆，她們的誠信都得到紐約市警察局的認可。發生火災，她們知道逃生的路線。她們絕對不會隨便給任何陌生人開門，有可疑情狀發生，她們知道如何報警。我們把孩子交給她們是可以放心的。這太重要了，比鐘點費重要得多，是不是呢？」我說一句，吉爾瓦娜點一下頭，很聽得進去。我也有一位收鐘點費的褓姆，在我和 J 必須出門的時候，她會來照顧我們的兒子，這位噸位很大的黑人女子極為善良可靠，非常愛孩子。兒子叫她「路易莎媽咪」，可見他們是多麼的親近。我也記得，家中有兩個孩子的客戶，路易莎只收一份半的鐘點費。於是我決定把路易莎介紹給我的義大利朋友。手裡捏著路易莎的電話號碼，吉爾瓦娜快樂得不得了，一掃沮喪的心緒，快人快語地跟我聊起在曼哈頓的無數新發現，英文裡夾著義大利詞彙，雙手揮舞著，臉上表情豐富，唧唧呱呱講個不停。

與百合子的相識便沒有這麼熱鬧，這位美麗、嫻靜的日本女子也帶著兒子來上學，她和她的丈夫都覺得來到了洞天福地的美國，孩子應當有機會在自家的綠草地上遊戲。日本使團很婉轉地跟他們說，曼

哈頓寸土寸金，如果想擁有自家草地，得住到康州紐黑文去，每天坐火車到曼哈頓來上班上學。這個家庭便毫不猶豫地住到了紐黑文。週一到週五，一家三口早早出門，搭火車到曼哈頓中央車站，再步行一段路，上班的上班、上學的上學。百合子很滿意，「東京比紐約還要擁擠，自家綠地實在是太珍貴了。紐黑文的房子很寬敞，草地很漂亮，我們非常滿意。」百合子溫柔地笑著，露出很幸福的表情。滿意就好，我也很替她高興。

聯合國學前學校不只是各國外交官家庭的幼童們在這裡就讀，也有一些住在紐約的顯赫的外國人的孩子來這裡上學。希臘被廢黜的王室就在中央公園西大街上最昂貴的公寓裡擁有整整一層樓的空間。安德魯王子（Prince Andrew）是希臘王室唯一的繼承人，比我們的兒子大一個月，兩個 Andrew 在同一間課室上課。老師問我的兒子可不可以叫他 Andy，十六個月大的孩子很嚴肅地搖頭，很鄭重地告訴老師，「我是 Andrew。」老師非常尊重孩子的意見，於是再跟他商量，安德魯王子的姓氏第一個字母是 A，所以叫他 Andrew A，「你的姓氏的第一個字母是 B，我們可不可以叫你 Andrew B 呢？」我們的兒子欣然同意。於是課室裡有兩個 Andrew，一位是 A，一位是 B。安德魯王子的保鑣是一位彪形大漢，嬌小的老師站在他面前看起來就更弱小了。這位保鑣質問老師，為什麼又是 A 又是 B 的，直接稱呼他的主人「安德魯王子」不是省事得多嗎？嬌小的老師面容嚴肅寸步不讓，「在這裡上學的孩子是完全平等的，沒有皇親國戚與庶民之間的區別。」瞬間，老師變得無比高大，她教訓那保鑣，「你來到了美國，就要學習平等的觀念。」彪形大漢唯唯諾諾，退了出去。我和百合子都注意到，那位 Andrew A 在整個過程裡沒有表示任何意見，兩隻眼睛冷冷地瞧著四周，一副事不關己的模樣。

留在休息室裡等待王子下學的是他的褓姆，這不是收取鐘點費的褓姆，而是一位真正的乳娘。王子的母親懷孕期間就由汶萊王室介紹

給了希臘王室。這女子有著東方人的秀麗，講出來的英文卻有著牛津口音，遣詞用句十分典雅。她說，她的名字叫薩拉，她曾經帶大一位汶萊的公主。自從這位希臘王子出生，日日夜夜，她從來沒有離開過他。現在，孩子有三個鐘頭在課室裡，對她而言，是「全新的經驗」。

　　日本也有王室，百合子不覺有異，我卻是頭一次與一位在王室服務的婦人同處一室，果真是全新的經驗。看我茫茫然，百合子很有耐心地講給我聽，日本王室和汶萊王室都是真正的王室，得到民眾尊敬。王室成員也都居留在國內，生活安定，「在這樣的王室裡，母親是不會離開孩子的。希臘王室卻不然，流亡在外，成人到處募錢，忙碌不已，孩子只好交給褓姆。」聽她這麼說，我對這個一歲半的孩子就充滿了同情。百合子進一步更徹底地告訴我，「這個孩子身邊有褓姆、保鑣、司機、管家、秘書、廚子、醫生、護士、園丁、許多的僕傭，就是沒有親人，親情要靠電話來傳遞。」我們兩人深深地歎息了。

　　兩個月後的一天，上午十點多鐘，課室的門砰地一聲被撞開，老師像拎一隻小雞一樣拎著小王子出現在大家面前。薩拉雙眼含淚撲向前去，老師森然的目光止住了她的腳步。保鑣與司機也丟掉菸蒂從大門外衝了進來，看老師面色森然，也就不便出聲。跟著出現的，是我家安捷牽著比他矮小的托尼。托尼是百合子的兒子。兒子看到了媽媽，張著兩隻小手，滿臉的委屈，抽搭了一會兒終於哇地一聲哭了出來。百合子把兒子緊緊地抱在懷裡，緊皺眉頭看著那個站在地當中的小王子。老師義正詞嚴，小王子揮拳打同學，嚴重違反校規，「責令家長帶回家去，三天之內不准上學，好好閉門思過。」老師說完根本不看薩拉他們一眼，也不聽那保鑣的說詞，徑直走到百合子身邊，「宮琦夫人，托尼在看一本圖畫書，Andrew A 伸手就搶，托尼沒有給他，那孩子就一拳打在托尼肩膀上。當時是十五分鐘自由閱讀時間，

我正在分發圖畫書，搶救不及，十分抱歉。」身穿白罩袍的理查醫生聞訊而至，已經很親切地接過了托尼，抱著他走進診療室。

　　百合子正要跟著去，薩拉從大門口轉身奔回來了，百合子站住了腳步。薩拉滿臉驚慌，「夫人，真是十萬個對不起噢……。」百合子沒有回答，只是望著大門口，那孩子夾在司機和保鑣之間正在出門。百合子並沒有回答薩拉只是沉默著看著她，然後轉身向著診療室走去。

　　就在這時候，我的兒子忽然追了上去，他拉住了百合子的裙子，「托尼的媽媽，A 會打人。現在，我們都知道了。告訴托尼不要怕，以後，我會照顧他。」百合子蹲下身來，親切地抱住我的兒子，跟他說，「謝謝你。我和托尼都謝謝你。」安捷興奮得臉上放光，揮著手，一蹦一跳地跟著老師回到課室去了。我站在走廊裡，一邊是快步走向診療室的百合子，另外一邊是滿臉羞愧的薩拉。我沒有辦法安慰薩拉，她只是希臘王室雇用的一位婦人，照顧那孩子的飲食起居是她的責任，她大概沒有什麼權力來教導那孩子如何待人接物。小王子在眾僕傭的環繞下，說一不二，予取予求，從來不懂得要尊重別人，長久下去，他會長成一個多麼孤僻、多麼自私、多麼剛愎的人。薩拉靜靜轉身，悄悄走出學校大門；其實，她也是非常寂寞的，看著她單薄的背影，我這樣想。

　　診療室裡，小小的診療床上，托尼已經是眉開眼笑。理查醫生還在溫言和小病人說著什麼有趣的事。百合子站在那裡，表情平和。我也就放下心來。

　　幾分鐘以後，托尼回到課室去，我和百合子回到休息室，兩人對面坐著。這個時候的百合子面容堅定，「妳

可能覺得我沒有好好地安撫我的兒子，我們日本人不會哭天搶地也不會怨天尤人，我們從困難當中學習堅忍，托尼雖然還是幼兒，這個學習的過程已經開始了。」頓了一頓，她微笑，「妳的兒子真是天使，妳教得真好。」被人這樣當面誇獎，我覺得很不好意思，臉都紅了。

這一天，放學之後，我們兩人推著嬰兒車，並肩走在林蔭道上。我繞了路，送百合子母子到中央車站。安捷和托尼坐在車裡一路上笑聲不斷，早上的不愉快好像已經煙消雲散。回到家，我忍不住問安捷，怎麼會想到要告訴托尼的媽媽以後會「照顧」托尼呢？安捷快樂地望著我，藍色的眼睛閃閃發光，他的回答出乎我的意料，「媽媽，我是全班同學當中年齡最小的，卻是最高的！」天哪，還是叢林法則嗎？看我的表情不是很理想，安捷又補充，「托尼沒有錯，是 A 不對。A 比托尼大，就打他。這是不可以的，我會瞧著這個 A，不讓他打人。」話只是孩子的話，他還講不清楚他的意見，但是他似乎已經敏銳地感覺到弱肉強食是不對的。這就好，這就值得鼓勵。

第二天，百合子一看到安捷，就打開一個綿紙包，裡面是一隻雪白的海豹，瞪著烏溜溜的眼睛正瞧著他。「送給你，希望你喜歡。」百合子這樣說。「是給我的？」安捷完全沒有了好漢路見不平拔刀相助的豪情，完全是一個小孩子得到一件心愛的玩具的快樂表情，他把毛茸茸的海豹抱在懷裡連聲道謝。

晚上，J 回到家裡，安捷馬上告訴爸爸，他的日本朋友的媽媽送給他一隻漂亮的海豹。既非生日又非聖誕節，為什麼送禮物呢？安捷想了一想回答說：「托尼的媽媽喜歡我。」這個回答讓我們都滿意。等到孩子睡了，我才細說從頭。我們都覺得，百合子的兒子被欺負的事情雖然已經有了一個最好的解決辦法，但是這樣的事情還是不發生為好，尤其是發生在這麼幼小的孩子身上更加不應該。何況，這件事情似乎不是大事，但是前前後後卻有著許多複雜的因素；與成人世界的恩怨，與國際之間的恩怨何其相像。

幾天以後，學校休息室裡，我埋頭寫一篇文章的結尾處最要緊的部分，百合子手裡捧著一本川端康成的掌中小說，正讀得入神。休息室裡靜悄悄的，我們都沒有注意坐在窗前、雙手疊放在膝蓋上的薩拉遠離眾人形單影孤的模樣。忽然，聽到她深深地歎息了，「我看到國王了，也看到王后了。」離她最近的一位婦人問她，在哪裡見到國王和王后。她轉過身來，抹了抹臉上的淚水，這才回答，「在聯合國大廈的大廳裡，他們走在地毯上，走上樓去，還轉身向歡迎的人群合十道謝……」我從自己的書寫中掙扎出來，努力去明白這番話的意思。百合子把書籤放進書裡，闔上書本，靜靜地看著薩拉。

　　我的腦筋飛轉，會雙手合十的國王，當然是西哈努克親王了。就在前一天晚上，我們還參加了聯合國舉辦的盛大酒會，歡迎來到聯合國尋求援助的親王和夫人。這個酒會讓我非常的感慨，親王和莫尼克夫人無論看到誰都雙手合十，表達最誠摯的謝意，發表簡短的致詞也只有一句話，為了我的苦難深重的人民，感謝各位的慷慨與仁慈……。」引發如雷的掌聲，許多人都感動得熱淚盈眶。

　　難道，薩拉竟然是柬埔寨人嗎？

　　百合子已經站起身來，走上前去，雙手扶著薩拉的肩膀，說著什麼，只見薩拉的淚水傾洩著，嘴唇抖動著，壓抑著哭聲。

　　在我的視野裡，身穿粉紅色柔美長裙的百合子與身穿深藍色套裝的席薇兒重合了。席薇兒的先生但尼是美國外交官，和 J 在同一棟大樓裡工作。席薇兒雖然早已是美國公民，骨子裡卻仍然是認真、嚴肅、一絲不苟的日耳曼人。她與納粹不共戴天，與共產主義不共戴天，大學畢業就投身於兩德統一的事業。婚後，更成為國際人權組織最積極最勇敢的志工。頭一天晚上，她拿著一疊文宣品交給我分發，還跟我說，現在只有西哈努克在抵抗紅色越南，我們必得支援他，無論他從前犯過多麼幼稚的錯誤。不必席薇兒說項，我也會支援西哈努克，因為他深愛著他的人民。我也看到，當席薇兒走向莫尼克夫人的

時候，夫人是怎樣地喜出望外。她們像老朋友一樣地互相打量著對方，緊緊相擁，就像眼前的百合子與薩拉。

放學以後，我和百合子、吉爾瓦娜一道去喝一杯咖啡，四個男孩在鄰桌上開心吃點心，我們三個母親就隨意聊了起來。

果真，薩拉在幼年時就隨著父母從金邊移居香港，從小接受英國教育。家道中落、母親去世，薩拉大學未畢業便進入一家英國人開設的珠寶公司工作，賺錢養家。汶萊王室與這家公司關係密切，薩拉身為助手，常常陪同公司老闆的夫人進入汶萊後宮兜售珠寶。一來二去，汶萊王室成員感覺這女子忠誠可靠，教養與風度都可人意，便以高薪聘請她來宮中服務。這樣的薪水對於住在香港的父親來講當然不無小補，於是薩拉毅然進入門禁森嚴的汶萊後宮，學習穆斯林教義，盡心盡力帶大一位汶萊公主。之後，又順理成章地成為希臘王室的服務人員，陪伴著小王子。這時候，她又勤學東正教教義。

「但是，薩拉是佛教徒，一直是佛教徒，沒有因為環境的變化而改變自己的信仰。」百合子深深歎息，「也沒有因為離開了柬埔寨，而成為一個外鄉人。她始終關切著自己的國家，見到了國王和王后，讓她激動得徹夜未眠。」百合子悄聲說，「薩拉把她大部分積蓄都捐給了西哈努克的流亡政府，爭取柬埔寨的和平與安定……。」

百合子的話震動了我們，薩拉沒有結婚也沒有孩子，將來大約不會有退休金，也沒有什麼社會福利金。她的晚年全要靠自己的積蓄來維持。但是現在，她卻毅然決然捐出這些錢來拯救自己的祖國。

我把薩拉的故事告訴了席薇兒，席薇兒要我放心，她會去找到薩拉，「一位通曉英文、法文、柬埔寨文的女子可以是很大的助力，我們會給她一個幅員廣大的大家庭，她會感覺溫暖，她也會感覺到她正在為柬埔寨貢獻她的聰明才智，她會很快樂的。」那就好，我也放下心來。

聯合國的文學活動與這些女人也有著千絲萬縷的聯繫。每年讀書節是真正的節日。每一個節目的主持人首先用英文介紹他要談到的文學

家，然後用原文朗讀他們的作品，最後再用英文來講述那作品的內容。

百合子帶來了清少納言的《枕草子》、川端康成的《古都》，一派的溫柔端麗。吉爾瓦娜帶來了但丁（Dante Alighieri）的詩歌、卡爾維諾（Italo Calvino）的童話，讓整個的廳堂裡靜謐無聲，於是，人們聽到了古老與現代的潺潺流水聲，我也明白，吉爾瓦娜也是在用她的講述紀念不久前辭世的卡爾維諾。席薇兒的節目非常的精采，她將歌德（Gothe）的詩歌與湯瑪斯·曼（Thomas Mann）的小說巧妙地聯繫在一起，讓我們感覺到歐洲大地沉重的脈動。

主辦人跟我說，唐詩宋詞元曲明清小說都曾經有專家來講述過，所以他們希望我主持的節目能夠別開生面，希望被介紹的作家有男有女，希望以小說為主。正好，台灣小說家蘇偉貞前不久來到紐約探訪夏志清教授與王鼎鈞先生，我喜歡她，喜歡她帶來的溫暖與安寧，喜歡她在小說裡那樣細膩地描摹出的人間世的喜怒哀樂，喜歡她的語言。於是我讀她的《世間女子》給大家聽，眼面前浮現著的是她溫柔的微笑。在聯合國的大堂裡已經有很久聽不到來自台灣的聲音了，蘇偉貞的小說激盪起喜出望外的洶湧漣漪。一九八三年到一九八六年我們駐節北京，小說家鄭萬隆不但用他的創作，更用他對於創作的深刻詮釋感動了我。那樣一個短暫而空前活躍的文學氛圍，是多麼的珍貴啊。於是我讀他的《老棒子酒館》，在煙霧瀰漫中透視豐饒而生動的北國黑土地。那一場讀書活動盛況空前。果真別開生面！主辦人很開心地總結說。

我也注意到，薩拉幾乎參加了每一場讀書活動，她全神貫注好像海綿吸水一樣地傾聽著主持者說出的每一個字。更讓我高興的是，席薇兒的講座結束的時候，她擁著薩拉的肩膀，兩人像好朋友似的一道離開會場。不知薩拉怎樣地擁有了這許多的時間，走出王室，親近文學。我相信薩拉的生活正在發生著巨大的改變。

也就在那個連續半個多月的文學節日裡，我認識了一臉嚴肅的倫敦女子諾拉。這一天，她帶來的是莎士比亞（William Shakespeare）和狄更斯（Charles Dickens），想不到的，她竟然是從這兩位作者的「娛樂性」談起，將學術與通俗文化巧妙地結合在一起，令人傾倒。在演講快要結束的時候，她談到了間諜小說作家約翰·勒卡雷（John le Carre）。我深深地被吸引，走上前去向她致謝，感謝她讓我知道這位英倫作家的小說是這樣的深邃、這樣的迷人。談話中，我們發現，兩個家庭其實住得很近，都在上東城的七十二街上。她的先生是英國外交官。更妙的是，他們的兒子與安捷同年，還沒有上學。於是，我向她大力推薦聯合國學前學校。諾拉笑說，真是沒有想到，每天推著嬰兒車走七、八十個街口，還要在什麼休息室裡等待三個小時，居然讓人這樣快樂。我跟她說，那三個鐘頭實在是太珍貴了，我用那時間爬格子，很有成績呢！諾拉恍然大悟，連聲大叫，她的研究有條件繼續了！原來，孩子出生之後，這一對夫妻一直處在手忙腳亂之中，顧全了先生的工作，諾拉自己的英國文學研究卻被迫中斷，以致情緒消沉。「現在，似乎看到了曙光。」她這麼說。我自然是高興，如果她真的可以走出低谷，那是多好的事情！

　　日後，我們兩家走得很近，我們把自家的家庭醫生、牙醫、小兒科醫生統統介紹給這個英國家庭。我們更經常地應邀參加英國使團舉辦的許多活動，他們也有了興趣常來參加美國使團舉辦的各種招待會。孩子們快樂地玩在一起，先生們很默契地討論軍國大事，我和諾拉就浸泡在文學裡不知今夕何夕……。

　　世間沒有不散的筵席，無論曼哈頓是多麼的精采，我們還是得離開。一九八八年的復活節將是我們在聯合國度過的最後一個復活節，席薇兒計畫著要給聯合國的女人們一個不容易忘懷的節日，於是我們就著手準備起來。

　　學前學校的老師宣布這個復活節「尋找彩蛋」的遊戲將在中央公

園動物園旁邊的草坪上舉行。

　　這一天，孩子們都興高采烈提著五彩繽紛的小籃子來到了預先準備好的草坪上，美麗的氣球和彩帶圍出了很寬敞的一塊地方，就在那茂密的青翠之中藏匿著無數的用彩紙包好的巧克力彩蛋。孩子們興奮地蹦跳著，等著一聲令下便可以跑進去尋找彩蛋，連一向冷漠的小王子都興奮起來，兩眼發光地瞧著路易莎嘴上的哨子。我好高興，這個孩子終於來到了戶外和別的孩子們玩到了一起。

　　學校的老師意外地發現她自己好像沒有事可以做了，褓姆路易莎與她的一位同事已經準備好照顧每一位參加活動的小朋友，小王子的保鑣與司機雙手交疊笑咪咪地站在草坪的外圍負責活動的安全。我們都擁了過去，七嘴八舌地告訴老師，今天她放假，孩子們的事情有專人負責，她只需要參加聯合國的女人們準備好的一場野餐會……。老師又驚又喜，疑疑惑惑地問道，聯合國的女人？我也算嗎？我們大家又異口同聲，您當然是啊！老師猛然看到野餐桌上的菜餚，又叫了起來，我什麼都沒有預備，怎麼辦呢？我們大笑，就是要給您一個意外的驚喜啊！我們要用這個機會謝謝您的辛勞、您的愛心、您的智慧。一片的讚美聲中，老師臉紅了，笑得淚水漣漣。

　　就在這亂哄哄的時候，一位高窕身材穿著長裙的女子走近我們，那寶藍色的長裙上面有著黃色綠色精緻的圖案，非常的華麗。女子濃密的烏髮梳成高聳的髮髻，沉甸甸地壓在頭頂，人便看起來更加修長。這女子雙手捧著一隻碩大的瓷盆，其色彩和她的衣裙相似，非常的搭配。身邊的小女孩幾乎就是她的縮小版，手裡提著細緻的小小竹籃，笑得一臉燦爛。兩人肩上長長的寶藍色紗巾在春風裡飄拂，裊裊婷婷，一下子讓我們都安靜了下來。

　　小姑娘一點不認生，馬上加入了尋蛋的遊戲。

　　席薇兒把這女子介紹給我們，她是伊曼尼，幾天以前從卡薩布蘭卡來到這裡。大家馬上叫了起來，天哪！卡薩布蘭卡！那麼迷人的地

方，那麼迷人的電影……。而且，她的丈夫也是被派駐聯合國的外交官，所以他們一家三口會在曼哈頓住些日子……。

糟糕，我看了一眼我帶來的兩個餐盤，一個是粉蒸肉，一個是魚香茄子。這茄子也就罷了，粉蒸肉可是貨真價實的豬里脊，人家是穆斯林，這可如何是好？我看到吉爾瓦娜和薩拉的神色也是陰晴不定，想來她們帶來的菜也不大合適。沒想到，這伊曼尼倒是落落大方，滿臉笑容地跟我們說，「急著來跟大家見面，沒有事先知會，是我的不周，各位千萬不要介意。我們被派駐過許多地方，許多不合我們習俗的美食，我們還是很樂意用眼睛欣賞。」一番話說得大家都笑了起來。趁著高興，我就請問伊曼尼，這美麗的大瓷盆裡裝著什麼美味。她掀開蓋子，番紅花香氣撲鼻，「庫司庫司－特發伊阿」。天哪，這特發伊阿是個什麼菜啊？伊曼尼耐心解釋，這是摩洛哥菜餚的一種烹飪特色，有了這樣一道手續，這道庫司庫司與中東的作法就有了差別。變戲法一樣的，伊曼尼還從裙褶裡掏出了手抄食譜，分送大家。

就這樣，我們這個野餐會揭開了序幕，每一位都認真地介紹了自己帶來的特色菜餚，分發了食譜。我不但介紹了兩個菜的作法，還帶來了一些裝著粉蒸肉佐料的小盒子以及一些魚香茄子的袋裝醬汁。惹得諾拉和席薇兒高呼萬歲，因為佐料盒子、袋子上的中文字對她們來說完全是天書，有了這麼一件樣品，以後到亞洲超市只要拿出這些寶貝，就有辦法找到「臉蛋兒」相同的材料了。看她們這麼「有辦法」，認識一些中文字的薩拉和百合子笑得前仰後合。

大笑聲中，我把製作粉蒸肉的佐料盒子收起來，只是很貼心地給了伊曼尼製作魚香茄子的一袋醬汁。她接過醬汁，兩人會心一笑。這一笑開始了我們日後的多年交往。

大笑聲中，諾拉更加不好意思了。她是不大會做菜的，所以她從住家附近的鋪子裡買了許多紐約最著名的麵包圈 bagel。當大家看到打開了盒蓋的這些圓滾滾、胖嘟嘟、紅紅白白的麵包圈的時候，都歡

叫起來。百合子正色道，這可是曼哈頓的寶物，世界上最可口的 lox bagel！看到大家這樣興奮，諾拉才放下心來，靦腆地笑了。

薩拉帶來的菜肴紅艷艷地散發出龍蝦的香味，像是一種羹。她還帶來了一個飯包，裡面是熱騰騰的米飯，「我母親的私房菜。」薩拉輕聲介紹說。大約是聞到了香味，滿頭大汗的小王子奔了過來，從桌上拿了一隻小碗，捧在手裡，眼巴巴地望著薩拉。薩拉接過碗，順手拿手絹給孩子擦擦汗，在小碗裡盛了一勺米飯，在飯上又澆了一勺龍蝦糊，遞了一把小勺子給孩子。這一瞬間，我看到了圍繞著龍蝦的細小的肉末，伊曼尼也看到了，若無其事地微笑著。大家都看著小王子，看他很乖地走到旁邊的野餐桌上，把一張餐巾紙塞到下巴底下，小心地拌著飯，有滋有味地吃起來。薩拉微笑，「這孩子最愛這一味菜。」瞧著孩子晃著兩隻小腳，心滿意足的表情，我心裡一緊，若是薩拉有了自己的生活，可不知將來這孩子的日子要怎樣過下去。

席薇兒的大菜引出了連聲的讚歎，那是整個的一大塊燉牛肉，上面的醬汁豐腴無比、香氣四溢，這是道地的德國工夫菜了。有人問席薇爾，做起來費事吧？席薇爾大笑，沒費我什麼事，倒是難為了丹尼，每天晚上提醒我要給這塊牛肉「翻翻身」，一連三天，他恨不能把這件事寫下來，貼在我的腦門上。這塊肉浸泡在調味料裡面，置放冰箱整整的三天，每晚都要「翻身」，讓調味料被均勻的吸收。不僅如此，還有著名的馬鈴薯丸子佐餐，可謂豐盛極了。真不易，這德國女子果真是認真做事的楷模，我忍不住讚美了一聲，大家都同意，七嘴八舌發表了許多的讚美詞。

吉爾瓦娜帶來了許多的大方盒子，好像是 Pizza Hut 常用的那一種，謎底揭曉，竟然是她自己親手做的，典型的羅馬式 pizza，又薄又脆，起司和番茄醬上面鑲嵌著無數橄欖、青椒、紅椒、甜香腸。啊呀呀，好吃到不行。

百合子靜靜地揭開了精美的漆盒。大家都呆住了，壽司難道可以

是這樣美麗的嗎？百合子輕言細語告訴我們，壽司裡面所卷裹的材料都是海鮮和蔬菜，舉凡鮭魚、鮪魚、鮮蝦、鰻魚都在入選之列……。這是一個花團錦簇的湖泊鑲嵌在無比的豐盛之中。毫無疑問的，成為整個野餐的最高潮。

美麗的、無與倫比的復活節。孩子們都帶著他們的戰利品來到了我們身邊，盤子裡裝著各式各樣的食物，歡聲笑語不斷驚飛起中央公園的鳥兒們……。

很多年以後，安捷上高中了，托尼的媽媽送的白色海豹還是他最要好的朋友之一。在我們駐節高雄的時候，吉爾瓦娜曾經翩然而至，帶給我們大驚喜。與諾拉、百合子、伊曼尼在華盛頓外交圈的活動中也都見過面。席薇兒則和我們一道在雅典又做了三年的鄰居。我曾經向她打聽薩拉的近況：小王子升入中學，薩拉回到了亞洲，「她已經是一位積極的社會活動家，妳就是看到她，也認不出來了。」席薇兒這樣告訴我。

聯合國的女人們留給我的手抄食譜一張張都泛黃了，沾著油漬、醬汁，皺皺巴巴。食譜上的字跡卻依然端正、娟秀、一絲不苟。我輕輕地把它們拂平，細心地夾入冊子裡，留著，是個永久的美麗念想。

細說烹調

一、龍蝦糊蓋飯（*Lobster Cantonese*）

龍蝦糊所需材料：六隻龍蝦尾（冰凍過在室溫下化凍，或者新鮮的，都可以），四分之一杯蔬菜油，一瓣蒜切碎（或者用一茶匙蒜蓉

代替），半磅豬絞肉，兩湯匙太白粉，四分之一杯醬油，一茶匙糖，一茶匙鹽（日本燒魚鹽、法國灰鹽均為上選），半茶匙白胡椒，兩杯滾沸的開水，兩粒雞蛋，半杯蔥花。

龍蝦糊作法：

1. 用廚房剪刀剪開龍蝦尾，剝出蝦肉，橫切成小段。

2. 開中火，在一口炒鍋內，熱油，將大蒜與絞肉同炒，不超過十分鐘。

3. 在一隻小碗內將太白粉與三分之一杯水調和。

4. 在炒鍋內加入醬油、糖、鹽、胡椒、開水、調製好的太白粉，攪拌均勻，待其滾沸即改為中小火，續煮不超過八分鐘。

5. 在炒鍋內加入龍蝦，加蓋，轉為小火，燜煮八到十分鐘，千萬不要煮過頭。

6. 在小碗中打散雞蛋，打散至炒鍋內，灑入蔥花。熄火。

將熱米飯盛到飯碗內，加蓋龍蝦糊。順便清炒一碟雪豆佐餐也是很好的選擇。

二、燻鮭魚麵包圈（*Bagel with Lox and Cream Cheese*）

所需要的材料：橫著剖開 bagel 使之成為兩個圓，數片燻鮭魚，一些乳酪起司（cream cheese），一些酸豆（capers）。

作法：將兩片麵包圈放進烘麵包機，烘成淡淡的焦黃。在麵包圈內壁上各塗抹一層厚厚的起司，在起司上放上一些酸豆，在其中一片放上燻鮭魚，將另外一片已經塗抹起司的麵包圈置放在鮭魚上，如此，鮭魚便夾在當中了。將這個已經加了起司、酸豆、鮭魚的 bagel 一切兩半。

這是世界上最好吃的 bagel，到了紐約絕對不要錯過。在曼哈頓，這燻鮭魚 bagel叫做 lox，千萬不要忘記。

三、德式燉牛肉與馬鈴薯丸子 *Sauerbraten and Potato Dumplings*

德式燉牛肉所需要的材料：

一杯紅酒醋（red-wine vinegar），半杯蘋果醋（cider vinegar），半杯勃艮地酒（Burgundy），兩粒切成絲的洋蔥，一根切成片的胡蘿蔔，一根切成丁的芹菜，幾根荷蘭芹，一片月桂葉，兩粒甜椒籽（pimento），四粒丁香，一湯匙鹽，一湯匙黑胡椒。

四磅牛肉（適合於燉煮的肩肉、臀肉為上選），三分之一杯油脂（shortening，其中所含脂肪比一般黃油少了一半，較為健康），六湯匙普通麵粉，一湯匙白糖，半杯搗碎的薑汁脆餅（ginger-snaps）。

作法：

1. 將醋、酒、洋蔥、胡蘿蔔、芹菜、荷蘭芹、月桂、甜椒籽、丁香、鹽和胡椒全部放進一個大盆內，攪拌均勻，成為一盆醃料。

2. 將洗淨用紙巾拍乾的牛肉整塊置於醃料中，加蓋或者用保鮮膜封閉，置放於冰箱三天。每天一定要記得讓肉塊在醃料中「翻身」，力求醃料被均勻吸收。

3. 第四天，將醃好的牛肉從醃料中取出，將牛肉用紙巾拍乾。醃料留著待用。

4. 用一隻小鍋在小火上加熱醃料。

5. 將一隻燉鍋（最好是厚重的 Dutch oven）置放在中～小火上，慢慢熔化油脂。

6. 將牛肉放在麵粉裡滾一滾，然後放進燉鍋，把牛肉的每一面都煎黃。

7. 將溫熱的醃料慢慢地多次地澆到牛肉上，加蓋，燉煮兩個半到三個小時，熄火。

8. 從燉鍋中瀝出四杯湯汁，撇去浮油，大約可得濃稠湯汁三杯半左右，放進適才加熱醃料的小鍋內，用中小火加熱。

9. 在一隻碗內，用半杯冷水調合剩餘的麵粉，加入糖，然後倒進正在加熱的小鍋裡，攪拌均勻，讓其開始起泡，接近滾沸。

10. 在小鍋內加入薑汁脆餅，攪拌均勻，熄火。

11. 把小鍋裡的醬汁均勻地澆到已經燉好的牛肉上，加蓋，在中小火上繼續燉煮二十分鐘。成功。

牛肉切片，澆上醬汁，即可上桌。

馬鈴薯丸子所需要的材料：

三磅中等大小的馬鈴薯，鹽與黑胡椒共二又二分之一茶匙，兩個雞蛋，一杯普通的麵粉，半杯袋裝麵包屑（dry bread crumbs），四分之一茶匙荳蔻，四分之一杯切碎的荷蘭芹。

作法：

1. 將帶皮的馬鈴薯放入滾水鍋中，加蓋，在中～大火上煮三十分鐘，撈出，冷卻到不再燙手，去皮。

2. 將馬鈴薯粉碎至米粒大小，平攤在紙巾上使其乾燥。

3. 把馬鈴薯放進一個大碗中，放入鹽和胡椒，攪拌均勻。

4. 在馬鈴薯中心挖一個洞，打進兩個雞蛋，在雞蛋上蓋上四分之三杯麵粉，再加上麵包屑、荳蔻、荷蘭芹。用手攪拌，使之成糰。

5. 將已經調味的馬鈴薯揉成十八粒雞蛋大小的丸子，在剩餘的四分之一杯麵粉中滾一滾。

6. 煮一鍋水，最少八杯，加入四分之一茶匙的鹽，使之滾沸。將火口轉到中～小火。

7. 小心地煮馬鈴薯丸子，不要讓它們擠在一起，丸子浮起即成，兩分鐘左右。用漏勺撈出，放在紙巾上瀝乾，即可上桌。

德式燉肉與馬鈴薯丸子是最佳搭配，把燉肉、丸子放進餐盤，澆上醬汁，十分美味。

四、摩洛哥牛肉庫司（*Couscous Tfaia with Beef*）

北非小米庫司庫司（couscous）是一種很特別的穀類。我們在超級市場買到的，或盒裝或瓶裝都是非常容易煮熟的產品。大米飯和麵製品是我們日常主食，偶爾換換花樣，試試這北非小米也是不錯的選擇。

摩洛哥菜餚裡面的 tfaia 是一種給肉類增加味道的葡萄乾的作法，重點調味料是洋蔥、肉桂與番紅花。有了這樣一味 tfaia，牛肉又甜又鹹口感豐富別緻。特別適合在戶外享用。

摩洛哥菜餚常常將各個部分分別烹調，再合到一起，所以，我們入鄉隨俗也來如法炮製。

1. 牛肉部分所需要的材料與作法：

將兩磅牛肩肉或牛腿肉切成一口大小的塊狀、一隻切碎之洋蔥、一茶匙用芫荽的果實和葉子製成的辛辣調味料 coriander 粉末、一茶匙孜然粉末 （cumin，也叫做安息茴香或者阿拉伯茴香）、十根番紅花細絲。

將牛肉與佐料與洋蔥全部放入一隻深鍋內，加水，淹過肉塊即可，大約兩杯，五～六百毫升。以中～大火使得鍋中物滾沸，改成中～小火，熬煮一小時。

2. Tfaia 部分所需要的材料與作法：

兩湯匙橄欖油、兩湯匙黃油、四粒切成絲的小洋蔥、兩茶匙肉桂粉末、三茶匙新鮮薑蓉或是一茶匙乾燥的薑粉末、將二十根番紅花浸入兩湯匙溫水、兩湯匙蜂蜜、三湯匙無子葡萄乾（在溫水中浸泡十五

分鐘，撈出備用）、地中海細鹽與現磨黑胡椒。

在一隻小炒鍋內，用中火加熱橄欖油和黃油，加入洋蔥翻炒五分鐘。改成小火，加入肉桂、番紅花水、蜂蜜，用鹽和胡椒調味，加上鍋蓋，燜煮十分鐘。加入泡過水的葡萄乾，無須加蓋，翻炒數分鐘即可熄火。

3. 庫司庫司部分所需要的材料與作法：

庫司庫司是糧食，最好根據食客數量來決定所需要的材料數量，一般三口之家，一杯北非小米就夠了，如若不夠，隨時再做一份就是了，不費事也不費時。

一杯庫司庫司、一杯水、一茶匙黃油、四分之一茶匙細鹽。

在一隻小鍋內，加入水、黃油和鹽，以中火使之滾沸。加入北非小米，迅速攪拌，十數秒鐘即可。關火，將小鍋移下火口，加蓋，燜四～五分鐘。用叉子將小米挑鬆即可。做一份庫司庫司需時不到十分鐘。

4. 合成：將北非小米放在盤底，在小米上面放上一些牛肉，最後澆上一些 tfaia 便可以開飯了。

前圖：倫敦貝克街221B。底圖：1910年的攝影《德爾斐古競技場》

我記得兩家布丁鋪。我根據自己當日的財政狀況在兩家
鋪子之間做出選擇。一家設在靠近聖馬丁教堂的短街
上,在教堂的後面,現在已經遷移了。那個鋪子的布丁
是用小葡萄乾做的,是一種特殊的布丁,但是很貴。一
家賣普通布丁的好鋪子設在斯特爾大街。他們的大塊灰
色布丁沉重而鬆軟,裡邊稀稀落落地有著一些大的扁葡
萄乾。每天在我下班的時候,熱布丁上市,我就時常吃
這種東西。若要吃得正常而豐富,我就在一家伙食店裡
吃一根臘腸和一便士的麵包,或四便士一碟的牛肉。或
者,到我打工的批發店對面的破舊的老酒館裡去吃一碟
麵包和乾酪,再加一杯啤酒……。
我是一個孩子,那麼小。當我走進一家陌生的酒館叫一
杯麥酒或者黑啤酒的時候,掌櫃的會從頭到腳的打量
我,盯著我看,問我一大堆問題……。

—— 節錄自狄更斯《大衛·科波菲爾》(*David
Copperfield*)

正在消失的一條路

回頭再看一眼，密實的雨簾後面，整條街朦朧起來，漸漸消失不見。
我來過了，來到了這條老書街上，書店與手寫信件曾經讓這條路成為愛書人
的麥加，但是它和世界上許多著名的書店街一樣正在消失著。

　　二○○二年，台北時報出版的「藍小說」系列收了一本薄薄的小
書，美國作家海蓮・漢芙（Helene Hanff）所寫的一本書信體小說，記
錄著二次大戰後，紐約的愛書人與倫敦一家古書店的書商之間的魚雁
往返。本來是比較平常的商業行為，很快地變成了人際之間的關切之
情，變成了相知相惜的友誼。於是這本薄薄的小書便有了重量，沉甸
甸地壓在讀者的心上。

　　這本書自然也在台灣的出版界引起不小的震動。一天，在台北，
我正好有事到一位文學編輯的辦公室去，正事談完，我們互相交換著
對剛剛出爐的一些文學類新書的意見。很高興地發現這位很有理想的
編輯朋友也是這本《查令十字路 84 號》（*84, Charing Cross Road*）的
衷心愛戴者，他的語氣裡有著感傷，「我們台灣為什麼就沒有人會寫
這樣的一本書呢？」我望著他，氣定神閑。我跟他說，「這本書就在
你的抽屜裡。」十年過去了，我還記得這位朋友眼中的恍然大悟，恐
怕還有著一些些真誠的痛悔，以及深深的無可彌補的遺憾。

　　之所以我能夠這樣從容，因為我是那個真正在寫信的人。從
一九八二年開始華文寫作到二○一二年，整整三十年，已經出版的文
字總在四百萬字以上。但是從未發表的寄往世界各地的手寫信件的字
數遠遠超過此數。其中，最大的數量是寄往台灣的。因為在這塊魂牽
夢繫的美麗之島上居住著那麼多的朋友，包括出版家、學者、藝術

羅馬果菜市場之朝鮮薊

家、作家、詩人與讀者。此時此刻，朋友們讀到這樣的一行字都會會心微笑，是的，抽屜裡現在還有著或者曾經有過這些信箋。

　　我尤其喜歡精緻的信紙、同樣設計同樣色調的信封，以及無數的精美的信卡（Note Cards）。自忖，只有這樣無與倫比的載體才能配得上那許多熾熱的文字。他們來自華盛頓的國家藝廊、紐約的大都會博物館、巴黎的羅浮宮、倫敦的 V&A……，以及遍布雅典、維也納、佛羅倫薩、托斯卡尼、威尼斯、阿姆斯特丹、法蘭克福、京都、神戶……的大小紙店所售賣的絕對適宜用文字傳達情誼的那許多的紙張。當然，還有台灣造紙專家王國財先生特別精製的手工信箋。就在我居住的華府近郊維也納小鎮，在市中心的教堂街上就有兩家禮品店出售標緻極了的信箋信卡，任何時候逛過去，都能找到心儀的一張、一打或者一匣。除了信箋信卡信封之外，寄信人地址以及信封背面的封緘也是重要的，他們使得這封信成為真正的藝術品。我在選擇這些美麗之物的時候，心存妄想，希望著收信人見到如此典雅的東西會有點捨不得把它們丟掉！會把我的情誼留在抽屜裡，有朝一日，在抽屜裡翻找東西的時候看到了，會笑一笑。僅此而已，我未曾夢想世界上會出現一本動人的、沉甸甸的、書信體小說《重慶南路一段……號》。

　　有一位女性友人，一位熱情的愛書人，曾經在重慶南路上極有創意地主持一家書店的改建。我們那時候駐節高雄，於是台北與高雄之間便有著無數的來往信件。一日，這位朋友忽然發現抽屜裡色彩繽紛，於是把那許多信卡拿了出來，用圖釘很隨性地張掛在布告板上，引來員工與讀者圍觀。大家唧唧喳喳正議論著，這位朋友輕聲講了一句話，一下子把大家鎮住，頓時鴉雀無聲。她說的那一句話是：「這些信都是一個人寫來的。」我與這位朋友沒有通過伊媚兒，當年我們都是只用

筆寫信的。終於到了不通音問的地步並非高科技帶來的阻隔，而是歲月的磨蝕；歲月無情，帶走了許多的溫暖。但是，我總是記得那家已經消失的書店，記得那些高雅的書架，記得在那些書架之間溫馨的活動區域，那許多非常文學的聚會。我曾經應這位友人的邀約在那裡談過一場莫泊桑（Guy de Maupassant）。幾乎二十年過去了，我每次回到那一帶，都會在那個書店的舊址停下腳步，站上幾分鐘。透過熙熙攘攘的人群，回憶仍然好像溫柔的春水，帶來美好的漣漪。多年前，一本小說出版，我寄給了這位友人，她大樂著跟我說，得要倒上一杯紅酒，泡在浴缸裡看這本書。記得當時，我羞得臉都紅了。事實上，除了她也不會有任何的別人這樣子來說到這本書；在這本書裡收了我的一篇書信體小說，最真切地碰觸了一些內心深處的煎熬。一些年之後，有別的朋友還記得那場有關莫泊桑的活動，要我再講一次。莫泊桑很好，但是當年的默契卻不會再現，於是我講俄羅斯文學。將莫泊桑與我的這位友人一道珍藏在心底一個安全的角落。

　　一些師長與我通信，信來得很勤，談文學、談寫作、談故人、談生活。魏子雲教授、李超宗教授、琦君大姐、林太乙都是這樣的。他們一直寫信，一直寫，寫到離開這個世界為止。魏教授與琦君姐最後的字跡都模糊起來，都是用大力氣寫成的，信中滿是堅忍與不捨。李教授與太乙姐卻是連最後一封信都一絲不苟，每個字橫平豎直。我把這許多信件一一從他們各人的信夾裡取出，封裝在牛皮紙袋裡，寫上他們的尊姓大名，無論怎樣大搬家都要留著，珍藏起來……。

　　瘂弦先生的信件數量最大，信夾早已無法容納，而是必須裝在一個箱子裡。那只箱子裡面滿滿都是熾熱的鼓勵與關切。那也是一個資料的寶庫，關係到許多的文學人與文學事，遇到問題，查找起來總是驚喜連連，總是有著不同凡響的結果。那怕有的時候因為健康原因而來信比較的少了，但是，互相仍然惦記著，溫哥華與華府之間還是零距離。詩人總是熱情地關心著世界各地的文學現象，待健康狀況有所

好轉,他的信馬上就來了,瀟瀟灑灑寫上好幾頁,非要把間隔的空白補齊不可。

　　一些朋友的字實在是好,來信猶如藝術品,台北藝術家侯吉諒就是最好的例子。吉諒極為前進,他是最早使用個人電腦,最早書寫部落格的台灣作家之一,他的大量的手寫的信件卻還保存在我伸手可及的地方。累極之時,取出來看看,心情都會好起來。古早時候,他不但寫信來,一張畫的草圖、偶爾抄錄的一首詩也會隨手封在信裡寄來;我便寶貝著,直接貼在書桌正上方的書架邊緣,日日抬頭見。一年春天,吉諒造訪華府,看到了這些宣紙上的字跡,驚訝地問我,「咦,妳怎麼會有這個?」我還是氣定神閑,你寄給我的呀!這麼美的字、這麼有趣的詩當然要張掛起來呀!詩中云:「小閣明窗半掩門,看書作睡正昏昏,無端卻被梅花惱,特地吹香破夢魂。」落地窗外並無梅花,一株美洲山茱萸卻正盛放得如火如荼。好字好朋友好風景好心情。人生豐足至此,夫復何求!雖然,現如今,伊媚兒已經取代了這樣的信件,這也是沒有辦法的事情,好在,還有著這許多的舊信,足堪回味。

　　伊媚兒真是快捷,但是,沒有把伊媚兒當做一封手寫的信來寫的伊媚兒卻是會把人間的距離拉遠的,久而久之,真正是寡淡無味,於是,連伊媚兒也沒有了。久而久之,寫信去,將相關的文字列印出來與信一道裝進信封,寄了出去,沒有回音,連伊媚兒都沒有。到了這樣的地步,我只剩了最後的一個辦法,那就是在早早準備好的賀歲卡中,寄上我沉重的的惦念與殷殷的祝福,並且不再指望回音。但是,當報端出現朋友們的名字,便十二分欣喜地閱讀著,當書店裡有了他們的新書,一定會買回家來,從頭讀到尾,不斷高興著他們最新的成就,而且逢人就說,唯恐人們與這些好書失之交臂……。

　　正是因為這樣,《查令十字路84號》的選書人與譯者陳建銘先生在譯序〈關乎書寫,更關乎距離〉裡面所表達的理念便格外地動人,

他這樣說：「我一直以為，把手寫的信件裝入信封，填了地址，貼上郵票，曠日費時投遞的書信具有無可磨滅的魔力……，對寄件人、收信者雙方皆然。其中的奧義便在於『距離』……。」這才是睿智的意見。無論天涯地角，拉近距離的一個魅力無窮的載體正是手工信件。因為那是非寫不可的心語，而非急就章的敷衍。敷衍與漫不經心的直接結果就是人際之間的距離已然無法跨越。

人生畢竟美好，世界上就是會有一些人跟陳先生一樣、跟我一樣的擇善固執，無論時間多麼緊迫、生活多麼沉重、心境多麼忐忑，他們還是寫信；詩人零雨是這樣的，張素貞教授是這樣的，蔡文甫先生是這樣的，初安民先生也是這樣的……，於是台北與華府之間就成了近鄰。美國地廣人稀，譚嘉的來信使得大地的溫度無論南北都適合於耕種了。幾年前，她為了她所主持的《今天》文學季刊向我約稿，稿子沒有寫，我們兩人卻變成了筆友，只通信，遇到天災才會通一次電話互相問候。這些信都非常的文學，詩歌、小說、電影、音樂、美學等等都在議論之列。有文章要請她看，便列印出來寄上；有問必有答，永遠是這樣的篤定，這樣的可靠，無論日常生活忙碌到何種程度。遠在美國西海岸的楊秋生是一位細膩的文友、一位永不退卻的母親，為了家庭為了孩子，柔弱的雙肩承擔起無數的艱辛。她的生活是辛苦的，比起許多人來，是格外辛苦的，但是，她不但持續筆耕，她也寫信，親切地敘說著生活的點滴、寫作的甘苦。於是，東西海岸之間的三小時時差也不見了蹤影。

還有一些朋友，他們是把電子郵件當作「手書」來寫的 —— 文字的精準、情感的熾熱、思想的犀利、見解的深刻都不輸給手書；蘇偉貞是這樣的，高爾泰是這樣的，傅光明、王培元、鍾文音也都是這樣的。他們都在縮短著人間的距離。

還有很多朋友，有了機會，便有信來，無論手書或者電子郵件，都值得珍惜。情感並沒有因為歲月的磨蝕、距離的遙遠而發生改變，對於

這樣的友情，我始終懷著感激的心，那些薄薄的信夾也同樣沉甸甸地壓手。

所有這些，都有著共同的一些質素在內，首先是關心。有了關心，才會持續，才會擠出時間用各種方法來表達自己的關心。還有一個共同點，就是這些人都愛書，無一例外。我們都愛好書，格外心儀文學類好書。有關這些書的議論便瀰漫在我們的中間，永遠不會降低其濃度，這是一種重要的維繫。甚至，也會產生在從未謀面、從未通信、互不相識的人們中間。

從未見過台北的唐諾先生，讀唐諾先生的書，讀他在《印刻》的專欄，都讓我常常感覺與這位先生的距離在文字中變得越來越接近，尤其是在對俄羅斯文學的理解與偏愛方面，我時常掩卷長嘆，謝天謝地，終於有這樣一位先生寫出這些中肯的話來了！唐諾先生的文字不但是學養、是感覺，更是情感。對人類文明的情感至深才是唐諾文字的魅力所在。

對於《查令十字路84號》這本書，唐諾先生有著熱烈的情感，在序文中，他表示，「堅信寫書的海蓮‧漢芙不是胡謅的，在現實世界中必然有這麼一家『堅實』存在的書店。」而且他自己很可能走進去過，從書架上取書瀏覽。而且，他還引用書中漢芙朋友的一句話，描述這書店就是活脫脫地從狄更斯的書裡頭蹦出來的可愛的小鋪子。看到這樣的書寫，我自然放心。

作者漢芙因為修理牙齒，因為更換公寓、購買家具等等等等亂七八糟的事情一再錯失來到查令十字路的機會，她自我安慰，書店總是在那裡的。我一邊看書一邊為她著急：海蓮啊，海蓮，妳怎麼就沒有一點憂患意識呢？這家書店絕對不會永遠在那裡。可敬的英倫書商法蘭克（Frank Doelf）更是不會永遠在那裡盼望著妳的到來。趕快上路吧，要不然就來不及了。果真，法蘭克前往另外一個世界，書店人去樓空，84號成了唱片行。

唐諾先生跟我們說，雖然馬克與柯恩書店（Marks & Co）已經走

入歷史，查令路上還是有著一堆老書店的。唐諾先生心急如焚，跟我們千叮嚀萬囑咐，「如果說從事出版工作的人，或僅僅只是喜愛書籍、樂於閱讀的人得有一處聖地，正如同麥加城之於穆斯林那樣，短短人生說什麼也得想法子至少去它個一次，那我個人以為必定就是查令十字路。英國倫敦這道無以倫比的老書街，全世界書籍暨閱讀地圖最熠熠發光的一處所在，捨此不應該有第二個答案。」這本書的中文版是二○○二年出版的，唐先生的文章應當是在這之前不久寫好的，也就是二十一世紀初的事情。我和外子 J 都很篤定，他是老倫敦，完全同意唐先生的意見，查令路上的老書店大約都還在那裡，「就是不得不關掉幾家，大多數是一定還在那裡的。」J 這麼說。他也是世界各地老書店的識途老馬，他這樣的踏實，我為什麼要著急呢？最要命的，我對老英國的書籍文化、對英國人的藏書習慣有信心。一直到一九九九年，我在雅典收集老地圖、老版畫、老藏書票、初版圖書，盡心盡力的雅典書商都是跑到倫敦去尋覓啊；他們的口頭禪是：那裡是一切好東西的集散地。他們一邊把我的奇奇怪怪的要求寫在記事本裡，一邊信心十足地告訴我他們準確的歸期。到了日子，我登門拜訪的時候，我要的好東西早已放在寬大、光滑、氣派十足的硬木桌子上等在那裡了，從來沒有讓我失望過。因為這份安心，因為這麼踏實，我到了二○一一年五月二十七日，星期五；一個普通的日子，不是週末，不是假日，不是宗教節日，也沒有什麼人鬧罷工之類的。這一天，倫敦的商店都應當營業，有了這一切確保不會出現意外的基本條件，我們走到了這條著名的街上。

這一天，下著小雨，卻絲毫沒有影響我們的心情，早餐吃得很舒服，從國家藝廊走出來的時候，心情特別好。當然是因為拉斐爾（Raffaello Sanzio）那幅著名的《母與子》（*The Madonna of the Pinks*），聖嬰歡喜無限的笑

容，終於見到了，於是安心。這樣的題材，那麼多著名的藝術家描摹過，我一向認為藏於此地的拉斐爾以這一幅最為動人。意外的驚喜則是莫內（Claude Monet）的一幅未曾見過的荷塘。全部的光線集中在畫幅的左側，幾叢水草從右方的黝暗中拔地而起，氣勢非凡，是莫內作品中頗為獨特的一幅。

心滿意足之際，我們快樂地踏上了查令十字路。

走著走著，腳步沉重起來。真的應有盡有，吃喝玩樂、奇裝異服，要什麼有什麼，就是沒－有－書－店！沒有，完全沒有！我提著心，尋找 84 號，那家唱片行就是關門了換成了別的生意，這 84 號總不會飛到天上去；站在那裡看上一會兒，讓思緒飛翔一下，總是可以的吧。我甚至期望著它變成了一家咖啡店，我們可以走進去喝一杯咖啡。也許牆角裡的小書架上就放著一本《查令十字路 84 號》，也是安慰。沒有，根本沒有 84 號！從七十幾號一下子跳到九十號，整個的跟八十有關的門牌號碼完全地消失了，好像它們從來沒有存在過！貝克街 221B 好端端地屹立在老地方，福爾摩斯「生活」過的地方、他冥思苦想「破案」的地方現在是一處博物館，門口總是大排長龍，需要警衛先生維持秩序……。而這裡，卻蒸發掉了，馬克與柯恩書店連被憑弔的痕跡也沒有了，好像，好像，它從來都沒有真的出現過！

「這是不可能的！」忍了又忍，J 終於發飆了。

「這是可能的。」我在冷雨中沉聲回應。任何事情都是可能的。我太篤定了，我應該早一點來的，在這一條古書街完全地消失之前。

我們大步前進，無論什麼書店，我們都會走進去的。前面不遠處已經是牛津街了。到了那裡，便是查令十字路的終點了。謝天謝地，Foyle's 還在！這家大書店與狄更斯的時代風貌沒有任何關係，它不是一家「可愛的小鋪子」，但是，今天，它是查令路上唯一的一家書店！無論怎樣雜亂無章，我們都得走進去，因為它已經是輓歌的最後一個音符。

沒有老英國的禮儀，沒有老英國的語態和口氣，這裡只有實實在在的生意。星期五，上班時間，店裡的客人不是很多。我們慢慢逛，還是找到幾本書。踱到古書區，書架前的小梯子上站著一位先生正拿著一柄放大鏡仔細端詳書脊上的小字。從高高在上的側影我認不出這位先生，這柄古老端莊的巨型放大鏡我卻是認得的，它的主人是我們的朋友喬治，他曾經舉著這柄放大鏡仔細審視我收藏的一幅在十八世紀繪製的古希臘劇場鳥瞰圖。科索夫戰爭期間，他被英國政府派往雅典。北約盟友中有著許多位非常得力的朋友，這位喬治是其中之一，J常常稱讚他的沉著冷靜、足智多謀。我喜歡這位先生卻是因為他是鼎鼎大名的藏書家，是一部活生生的有關藏書的大字典，可以解答我們有關印刷品的無數疑問。這會兒，J也發現了這位老朋友，於是站住腳，微笑著，耐心等著喬治從高處走下來。

　　喬治空手走了下來，臉上罩著失望，看到我們，矜持地笑了，伸出手來，寒暄著。我注意到他的手上沒有了婚戒，原來套著婚戒的無名指上還殘留著深深的白色印痕。他瞄了一眼J和我手裡的書，寬容地笑笑，然後，語氣嚴肅起來，「國恥，一點不錯，就是國恥。你們遠道而來，這條路上的書店竟然只能提供這樣的貨色。」J馬上回應，正想請教，何以致此。喬治先生細心地收好放大鏡，我們在櫃檯上結了帳，一行三人順著來時路，走到對街一家小小的燒烤店。喬治告訴我們，這是一家好店，在那裡吃一頓飯「不會後悔」。我也注意到，這家小店的對面「應該是」84號原來的位置，如果它真的出現過的話，所以很高興地走進去，坐在了面對著大街的位置上，期待著能夠提起這個話題。

　　油頭粉面的店小二，栗色頭髮有那麼幾根很精緻地披在前額上，笑容滿面，帥帥地送上滾燙的熱茶，熱絡地與喬治打著招呼。「華盛頓來的客人，老朋友，有什麼好吃的，儘管送上來。」喬治這樣吩咐，店小二馬上熱情招呼我們，順口胡說著他對華府的「無限嚮

炭火燒烤之不可或缺的蔬菜：大茴香、紅柿椒、比利時菊萵苣、大蒜、
紅皮洋蔥、綠色辣椒。

往」，好不容易收住了口，退回到通往廚房的小門裡。

　　於是，細說從頭，因為房東不斷大幅度提高租金，一家家書店相繼關門，「就是近十年的事情。」喬治難掩滿心的落寞，「著名女書店 Silver Moon 最早，二〇〇一年關門。」喬治深深看我一眼。我在心裡為美國著名獨立女書店 Bas Bleu 慶幸著，這家郵購書店並無店面，不受房東威脅，不但健康地活著而且依靠網路、依靠廣大死忠會員大展鴻圖。舉凡與閱讀、書寫有關的任何好東西她們都有，我從她們那兒買到的 Novel Tea 就非常的好喝；冬夜裡坐在燈下讀書，裹著她們提供的「傲慢與偏見」棉毯尤其溫暖；她們的閱讀燈很好，放大鏡輕重合宜，七年之筆非常的經久耐用，信卡尤其別緻，書最好，其他任何書店絕對不會有⋯⋯。

　　「跟著是 Waterstone 消失了。Book Etc 搬走了，去了比較便宜的幾個地方。Zwemmer 撐到二〇〇八年，將大量的藝術書籍化整為零，送到許多不同的書商那裡，還是擋不住關門的命運。」看著 J，喬治嘆了一口氣說出 J 最不想聽到的消息，「Murder One 剛關門不久，兩年前，二〇〇九年。曾經幾乎擠得轉不了身的書店啊，我知道你曾

經是他們的常客。」對於推理小說情有獨鍾的 J 點點頭，黯然神傷，「沒有想到，連告別的機會都沒有。」

喬治想了一想，很平靜地告訴我們，因為離婚，不得不告別大房子，現在的居所「小得多，鋪天蓋地都是書，不好意思招待好朋友，只能安頓自己。」他自嘲地笑笑，我們都舉起茶杯敬他，表達我們的同情和慰問。

我望向窗外，細雨中對街的姹紫嫣紅十分的詭異，有著嘲弄的意味。我不失時機轉換話題，「84 號也完全地消失了，或者從來沒有過這樣的一個地址。」我並不想知道答案，小說就是小說，小說不會因為我們愛她而變成事實，也不會因為電影的精采而變成事實。但是，福爾摩斯探案也是不折不扣的小說，電影一再改編上演；最重要的，貝克街 221B 就在那裡，就在倫敦，可以走進去可以坐在福爾摩斯「坐過」的位置上冥想。福爾摩斯還活著，書商法蘭克和他的同事們卻從倫敦完全徹底地消失了。

喬治當然知道我在說什麼，他卻沒有說話，沒有說 84 號從來沒有出現在查令路上，沒有對倫敦查令路上少掉若干門牌號碼做出解釋，更沒有對漢芙的這本書表示任何的意見，他甚至沒有隨著我的目光望一眼對街的風景，只是仔細地看著手裡的茶盞，好像那普普通通的東西裡面開出了一朵花來。

帥帥的店小二端著一盤燒烤前來上菜，他卻聽到了我的話，而且做出了他的解釋，「對不起，插個嘴。您想啊，上個世紀四〇年代末，也就是六十年前啦，一個人從紐約寫信到倫敦買書，信是用打字機打出來的，您說這個人會把每一封她寄出去的信都留下底稿嗎？除非，她本來就準備出版這些信件。您說是不是？事實就是，每個人手邊收藏的信件都是別人寄來的，而不會是自己寫的，因為自己寫的信已經寄出去了。現代的伊媚兒才會把通信雙方的信件都留下來，可是啊，關於 84 號的傳奇卻不是當代的故事而是古代歷史。」

喬治露出興味盎然的神情，指點著桌上的菜，「燒烤大茴香，難

得。」

　　店小二馬上順竿爬，「那還用說，貴客來了，菜當然要別緻一點。」轉頭又對我和 J 很殷勤地說，「菜單上沒有的。請慢用。」然後，瀟瀟灑灑地彎了一下腰，點了一下頭，額上的髮絲便飄拂起來。這位帥哥終於帶著滿面笑容步履輕捷地回廚房去了。

　　我是一個講理的人，我知道店小二的話沒有錯。我手裡的全部手寫信件都是別人寫來的，我自己寫給人家的信根本不會留在家裡，它們早已寄出去了，絕大多數大約早已不知所終。但是，這完全沒有關係，我有過那麼多美好的時間寫信給朋友，那些信的書寫過程本身是重要的，對我這個寫信的人來說是重要的。每寫完一封信，都是暫時地放下了心裡的惦念，將那深深的惦念化作了文字寄給了對方。那是多麼美好的一件事情，我的心裡滿是感激，因為這許多的朋友讓我有機會直接地寫出我對人、事、物的觀感，我的感情。

　　店小二對伊媚兒的解說也是對的，只有這電郵才能將通信雙方的文字都保留下來。

　　在二〇〇九年的年底，北京人民文學出版社的王培元先生徵得我的同意，將我的電郵地址給了中國現代文學館的研究員傅光明。我第一次收到這位傅先生的電子郵件的時候，心裡的難過簡直是無法用言語來形容。這位學人竟然上山下海費盡氣力來研究老舍先生的死，竟然將這位作家的死與當代中國知識分子的命運連在一起作為一個巨大的專題來研究！在電子信中，他很誠懇地向我提出的問題竟然是：是否知道與這死亡事件相關的任何訊息，他正在寫老舍先生的傳記，自然是資料越詳實越好……。更要命的是，他說他會寫到老舍與趙清閣！

　　長時間以來，多少人否認、掩蓋、扭曲這個死亡的真相，多少人否認、掩蓋、扭曲世上曾經有過的這樣一段真摯、淒美的愛情，更多的人則是對中國當代知識分子的悲劇命運視而不見、聽而不聞，完全

地無動於衷。

老天爺終於睜開眼睛了，終於在我活著的時候給我送來了一個傅光明！終於有了這麼一個人，在物慾橫流的地面上做著這麼一件不會給他帶來任何「好處」的事情。我決定要告訴他我所知道的一切。舒先生於我而言不只是一位寫了《駱駝祥子》的小說家，不只是一位寫了《茶館》的戲劇家。他是我的長輩，他是我的「舒公公」，他是那個講故事給我聽、寫字給我看的老人；我是那個幫他澆花、念詩給他聽的小朋友，我是那個幫他傳遞書信的小使者，是他可以信得過的忠誠的小友。在我苦澀的少年時代，舒公公給我的溫暖無與倫比。

外人看起來，老舍先生相當得意。我卻知道，他十分苦悶、十分委屈、十分不如意。這個受盡了委曲的人從來沒有在我面前掩飾他的心情，更重要的是，在那個人人撒謊的年代裡，舒先生沒有跟我說過一句謊話，一句都沒有。在一個不說謊話根本沒有辦法活下去的地方，緘默與誠實比金子更寶貴，舒先生讓我看到了他不大為人知的那一面。清閣姨更是一位受了無數委屈的人，小時候，我為這兩個人傳遞信件。八〇年代以後，我的手中有著清閣姨給我的信。在信裡，舒先生仍然是重要的話題，這個話題是舊事的延續、是情感的自然流露。更重要的是，雖然清閣姨一九九九年離去了，但是這些信件還在啊！一封也不少，都在啊！而且，我還活著，大事小情我也都記得，我還能把它們寫出來。我當然要讓更多的人知道！在舒先生和清閣姨生活過的地方，傅光明很可能就是可以公正而客觀地對待這一切的那個人。

夜深人靜，窗外滴水成冰、朔風怒號。書架上，在舒先生的許多書前面是那隻小銅壺，舒先生給我的為硯台添水的小銅壺，經過文革、經過抄家、經過無數搬遷，小小的銅壺成為一種唯一，跟著我從東方來到西方。它是

見證,見證著舒先生和他的「洋娃娃」之間的友情,見證著我對這位老人的思念。在那個寒冷的晚上,我把小銅壺握在掌心裡,我跟從高高的天際向我微笑著的兩位老人說,竹筒倒豆子,我會說出你們的故事,詳詳細細、一字不拉。那不是小說、不是劇本、毫無詩意,那大概會是由一封封的來往信件以及我為清閣姨的親筆信件所寫的說明文字編織起來的一本書,除了還原歷史以外,這些文字恐怕還會肩負起縮短距離、跨越時空的責任⋯⋯。

風聲止息,一派祥和。我坐在電腦前敲鍵,寫回信給傅光明,那一天是二○○九年十二月九日。我從一九四八年九月的上海碼頭寫起,寫我在正好兩歲的那一天與清閣姨的「相識」⋯⋯。寫完了信,按鈕發了出去。然後,將這封長長的回信連同傅光明的來信列印出來,放入信夾,成為一個由高科技催生的充滿懷舊意味的特別檔案,它也將毫不含糊地為另外一段文學情誼留下紀錄。

海蓮・漢芙拜託英倫書商為她尋覓拉丁文聖經、情詩、日記等等。她不看小說,說是受不了虛假的人物在做一些根本不會發生的事情。但是,她留下來的最動人的篇章卻是小說,而且是書信體小說。想到這裡,我笑了起來。

喬治終於放下了心,滿意地點著頭,「妳大約覺得菜的味道還可以⋯⋯」我趕緊跟他說:「很棒的燒烤,非常可口,確實難得。」

這一天晚些時候,我們離開了查令十字路。

回頭再看一眼,密實的雨簾後面,整條街朦朧起來,漸漸消失不見。

我在心裡跟愛書的唐諾先生說,我還是相信,那許多可愛的書店一定是堅實地存在過的,無論是 74、84、94 號都沒有關係,它們一定存在過,它們也都踏踏實實地留在了我們的心裡。毋庸質疑,許多飛越大洋的信件也都是曾經存在過的,滿載著情誼存在過的。我來過了,來到了這條老書街上,書店與手寫信件曾經讓這條路成為愛書人的麥加,但是它和世界上許多著名的書店街一樣正在消失著。我們能

做的是繼續寫信，繼續跑到書店去購買紙本書，繼續訂閱報紙與雜誌，繼續因為讀到好文章而歡呼雀躍。而且，我也還是相信著，我們終究會找到一條新的路，繼續地縮短著人間的距離。

細說烹調

　　戶外燒烤是最有趣、最為隨性的一種烹飪方式。人們會選取最新鮮最容易取得的食材，搭配自己最喜歡的口味來烹製蔬菜、肉品、海鮮，甚至水果、甚至麵點。

　　正因為如此的有趣、如此的隨性。所以我們在北美洲，不只是夏日，哪怕在滴水成冰的天氣裡還是會看到民宅的後院裡炊煙裊裊，人們裹著厚厚的冬衣，在自家陽台或者磚鋪石砌的露天平台上，興致盎然地燒烤著什麼美味，成為獨特的風景。

　　我們在這裡不談用電力用汽油做燃料的燒烤，我們談的是就像伊斯特伍德（Clint Eastwood）在西部電影裡那樣在星空下用樹枝架起篝火，那樣一種煙燻火燎的「真正」的燒烤。當然，現在的都市裡，大家不會就在地面上烤東西來吃，我們會使用各種各樣精巧的設備，但是基本的道理還是一樣的。

　　燒烤所需燃料基本上是普通木炭以及硬木木炭，一般硬木木炭來自山核桃木、櫻桃木、蘋果木等等。但是，要想讓燒烤的菜餚帶上特別的香氛，便可以在已經燒紅了的木炭之上撒上一些特別的易燃物，它們會給我們的燒烤成績加分。最重要的是，我們可以創造出我們獨特的專屬於我們自己的口味。可供選擇的材料很多，比方說乾燥的玉米芯、乾燥的藤狀植物的莖、乾燥的九層塔的細枝、各種硬木的小碎

片、乾燥的食用香草包等等。用它們「燻」出來的食物自然是不同凡響。

　　燒烤的另外一個重點便是醃料或「塗料」（便烤邊刷到食材上去的佐料），這些東西將直接地放置到食材上，直接地影響到食物的口味。可不可以不用任何醃料？當然可以，食物本身就是可口的，保持原汁原味本來就是上乘的烹飪法則。如果要用到醃料，便有乾溼之分。大家可以參考下面的一些食譜，做出自己的選擇，或者創造出自家的燒烤醃料、塗料秘方。

一、百草園燒烤（*Mixed Vegetable Grill*）

　　所需要的材料：

　　塗料部分：四分之三杯（六盎司／一百八十毫升） 橄欖油、三湯匙新鮮檸檬汁、三湯匙切碎的香菜、一茶匙鹽（以大茴香調味鹽最精采，其他的鹽也可以）、四分之一茶匙現磨黑胡椒。

　　蔬菜部分：兩棵大茴香（切去鬚葉，只留根部及一吋長的大葉，剖成兩半）、四粒幼嫩的朝鮮薊（artichokes，去掉邊皮）、兩頭大蒜（不要剝皮）、兩棵比利時菊苣、兩粒長長尖尖的綠色辣椒 （顏色比較柔和的為好，對半切開，去籽，去柄）、八盎司（二百五十克）新鮮蘑菇 （白色不宜，其他都好）、十二～十六根新鮮蘆筍 （去掉堅硬的根部）、一粒紅色洋蔥（剖成四等分）。

　　作法：

　　1. 在小碗中將塗料準備好，攪拌均勻，備用。

　　　2. 在一隻大鍋內用中火煮水，滾

沸之後，加一茶匙鹽，再次沸滾即可。

將大茴香放進鹽水中煮七～十分鐘，撈出，瀝乾，備用。

將朝鮮薊放進鹽水中煮五～十分鐘，撈出，瀝乾，剖成兩半，備用。

將大蒜放進鹽水中煮五分鐘，撈出，瀝乾，用刀削去頂部露出蒜肉即可，備用。

將菊萵苣放進鹽水中煮一分鐘，撈出，瀝乾，剖成兩半，備用。

辣椒、蘑菇、蘆筍、洋蔥只需整理好、切好，不需熬煮。

3. 在已經準備好的不再冒煙的炭火上，架上烤架，在烤架上刷一點植物油。烤架距離炭火四英吋。

將已經準備好的蔬菜放到烤架上，在蔬菜上刷上塗料，翻身兩三次，邊翻身邊刷塗料即可。

大茴香、朝鮮薊、大蒜、洋蔥，需燒烤十二分鐘。

辣椒、蘑菇，需燒烤十分鐘。

菊萵苣需燒烤八分鐘。

蘆筍的燒烤時間根據的是蘆筍的大小，一般在四到八分鐘之間。

二、茄香燒烤（*Grilled Eggplant and Fontina Sandwiches*）

所需要的材料：

塗料部分：

三分之一杯（三盎司／九十毫升）橄欖油、兩湯匙新鮮檸檬汁、一茶匙蒜蓉、一湯匙新鮮鼠尾草或者一茶匙乾燥鼠尾草、半茶匙鹽（台灣細鹽、地中海細鹽都好）、四分之一現磨黑胡椒。

食材部分：

一隻壯碩的茄子（腰圍三英吋／七點五厘米，身高六～七英吋／十五～十八厘米），一些細鹽，五盎司（一百五十五克）共六片

Fontina 起司（找不到這種起司完全沒有關係，到超級市場買大家用來做三明治的薄片起司就好，舉凡 Monterey Jack、瑪札瑞拉等等容易融化又適合於自己口味的起司都好）。如果方便，一小把新鮮鼠尾草可能帶來意想不到的香味。

作法：

1. 將茄子去蒂，橫切成十二片，每片應當有半英吋（十二毫米）厚。

2. 將茄片兩面灑一點鹽，平放在鋁箔紙上，加蓋三四張廚房紙巾，讓茄子在室溫下最少醃一個小時。

3. 將塗料準備好，在小碗中攪拌均勻，備用。

4. 將醃過的茄片在清水中稍稍沖洗，用紙巾拍乾，備用。

5. 在準備好的炭火上放置已經刷了油的燒烤架，燒烤架距離炭火四英吋。將茄片放置在架子上，刷上塗料，翻身一次最多兩次，在另外一面也刷上塗料。茄片略現棕黃即可，燒烤時間需八分鐘。

6. 在炭火上，在茄片上覆蓋一片起司、兩三片新鮮鼠尾草，再將另外一片茄子覆蓋於其上，做成六個茄香三明治，最多翻面一次即可，起司開始融化就好，需時兩分鐘。

7. 裝盤上桌，佐以醃漬橄欖，尤其可口。

三、串燒鮮貝蘑菇（*Scallop and Mushroom Brochettes*）

所需要的材料：

醃料部分：

四分之一杯（兩盎司／六十毫升）橄欖油、兩湯匙新鮮檸檬汁、兩湯匙切碎之新鮮塔拉岡或者兩茶匙乾燥塔拉岡、一茶匙蒜蓉、半茶匙鹽（以現磨喜馬拉雅粉紅色鹽為上選）、四分之一茶匙現磨黑胡椒。

食材部分：

一磅大鮮貝、一磅大號白蘑菇（去蒂）、兩粒萊姆果（切成四分之一英吋／六毫米之薄片）。

作法：

1. 在一隻大碗內將醃料準備好，攪拌均勻。

2. 將鮮貝和蘑菇放進醃料，輕輕攪伴，力求每粒鮮貝每粒磨菇都均勻蘸上醃料。

3. 將大碗密封放入冰箱，半小時後取出，再次輕輕攪拌一下。

4. 將鮮貝、蘑菇以萊姆果薄片隨意間隔，串到竹籤上。留著醃料，備用。

5. 在準備好的炭火上放置已經刷油的燒烤架。燒烤架距離炭火四～六英吋。

6. 燒烤鮮貝與蘑菇，頻頻翻轉竹籤，同時將剩餘醃料塗到食材上，兩三次即可。整個燒烤時間以六分鐘為好，絕對不可超過八分鐘。佐以可口青蔬沙拉、啤酒或白葡萄酒都好。

除了鮮貝以外，白色魚肉也是與白蘑菇搭配的極佳食材，只是要記得將魚肉切成一英吋半（四厘米）見方之小塊，如此才方便串燒。海鮮所需的燒烤時間很短，烤得太久，滋味全失，需特別小心在意。

Bridge (Devil's ridge) in snow in forest near Serednikovo manor of famous
Russian writer and poet Mikhail Lermontov (1814-1841)

馬克辛·馬克辛梅奇對烹飪技藝知之甚詳：他做的烤雞實在太棒了，會用醃黃瓜的鹽水把烤雞淋得恰到好處，我該承認，沒他在的話，我就只能吃一些乾糧了。一瓶卡赫季葡萄酒讓我們忘了寒酸的幾碟菜 ── 其實全部只有一碟。我們抽了菸斗後，坐了好一會兒，我靠著窗，他則到生了火的壁爐旁，因為這天又溼又冷。我們沉默不語。我們要說什麼呢？……他已經把自己所知的有趣故事跟我說盡了，而我則沒什麼可講的。我望著窗外。捷列克河越見寬闊地朝下奔流而去，沿岸散布的許多低矮小屋隨著樹林搖曳而閃現，更遠一點堆疊如城垛般的山巒浮著湛藍色彩，群山之後的卡茲別克山峰看起來則像是戴著主教的白冠帽。我在心中與它們道了別，卻又捨不得起來……

──萊蒙托夫《當代英雄》（*A Hero of Our Time*）
引用自丘光翻譯之《當代英雄：萊蒙托夫經典小說新譯》，櫻桃園文化，2012年。

來自荒野的風

*自尊心啊，你就是阿基米得想要藉以舉起地球的槓桿啊⋯⋯。 ── 萊蒙托夫
睿智的詩句在腦子裡轟然作響。*

　　二〇一二年的感恩節有點與眾不同，往年都是我們邀請外交圈
的外國友人來家裡歡聚，今年換成我們做了客人，到一位老朋友 D 家
裡作客，他是 J 研究所時期的同學，又同在美國的外交界服務，時有
往還。D 的夫人漢娜是芬蘭人，與芬蘭駐節美國的外交官們都是好
友，於是請了幾位朋友來家裡過感恩節。主人夫婦十分周到，甚至用
伊媚兒告訴我們其他六位客人的尊姓大名，理由是「北歐姓氏複雜難
記」，事先告訴了我們，以免見面的時候張口結舌叫不出名字來。我
們自然感謝 D 與漢娜的好意。細看名單，這三對夫婦的姓氏不都是
芬蘭姓，其中有一對姓伊凡諾夫，是一個相當普通的俄國姓。先生的
名字是米哈依爾，太太的名字是拉雅，名字後面跟著娘家的長長的芬
蘭姓，然後有一道細線連接著夫家的姓，仍然只是伊凡諾夫，而沒有
像俄羅斯婦女那樣在婚後變成一位伊凡諾娃，典型的北歐有成就女子
的「複姓」書寫法。J 告訴我，拉雅是芬蘭外交官，米哈依爾是她的
「眷屬」，是一位機械專家，目前在芬蘭駐華府大使館負責整個使館
的機械維修工作，「他從前是莫斯科大學的機械學教授，拉雅駐節莫
斯科的時候，他們相識、相愛、結婚。當然，那時候蘇聯已經解體。
芬蘭外交部便也沒有找拉雅的麻煩。」J 語氣輕鬆地加了一點點說
明。

　　這一個晚上我提著親手製作的兩盒瑪德琳小蛋糕，J 拎著一瓶白
葡萄酒作客去。我跟 J 說，要不是想到這位伊凡諾夫大概還得開車，

我真想帶一瓶上好的伏特加。J 樂哈哈地回應我，要是談得攏，請他們來家裡住一晚，那時再喝伏特加不遲。

　　女主人漢娜和她的先生 D 熱情地給我們開門，客廳裡已經坐著四位客人，大家寒暄一番就圍著一張圓桌喝滾燙的初榨蘋果汁，有的沒有的說些閒話，其中一位 G 先生對 J 現在在國務院的工作十分的有興趣，一再地追問。J 是沙場老將，雖然是友邦的外交官，畢竟也需要大大的保留，於是便巧妙地周旋著。這 G 不是省油的燈，繼續窮追不捨，J 就拿出手段來對付這些在極為優雅的禮貌之下的咄咄追問，不時的，把球踢給對方，反問了回去，讓那 G 有點措手不及。好不容易，外交圈司空見慣的捉迷藏遊戲終於被門鈴聲打斷。高大、魁梧、衣著典雅舒適的伊凡諾夫出現在門廳裡，他身邊正忙著跟漢娜用芬蘭話問好的金髮女子自然是拉雅，美麗的北歐女子。

　　「Teresa Buczacki，很高興見到您。」熟極而流，最為平常的自我介紹。我注意到，本來整張臉都在笑眼中卻沒有多少笑意的伊凡諾夫的灰色的眼睛變得溫柔起來，「啊，來自烏克蘭的尊貴姓氏。」他的手有力、溫暖，極富誠意地握住我的手。他的聲音很美，相當寬厚、非常溫柔。「萊蒙托夫（Mikhail Lermontov）的時代，大家習慣叫那塊美麗的土地小俄羅斯。」我笑著回答他。他揚起眉毛，露出一點點喜出望外，然後微微低下頭，很親切地跟我說，「叫我米沙。」J 和米沙相見歡，互相拍著肩膀，好像老熟人似的。漢娜擠過來問米沙要不要一杯熱蘋果汁，未等他有任何反應，拉雅馬上接口，「給我的丈夫一杯熱茶就好，我喝蘋果汁，越燙越好。」我和 J 對望一眼，馬上錯開眼神，生怕米沙尷尬。沒有想到，他表情柔和，沒有表示半絲的驚訝，想必早已習慣拉雅的頤指氣使。

　　大家坐定，漢娜端來熱茶、熱蘋果汁，唯恐我不知道北歐人的生活習慣，特別跟我說：「芬蘭的冬天漫長，到處黑鴉鴉、暗乎乎的，

又是雪又是冰，又冷又濕。所以啊，大家都喜歡滾燙的飲料。」我還沒有來得及表示什麼，就聽得那犀利的 G 先生笑了起來，他說「外國人到了芬蘭，對氣候總是抱怨個不了，我總是跟他們說，到莫斯科去過上三天，只要三天，就知道芬蘭有多麼地可愛了。」語罷大笑，好像幽默得不得了。在場的人們幾乎都大笑了起來，七嘴八舌著，「噢，天哪，莫斯科，噢，那個要命的地方⋯⋯。」沒有笑的人也不少，包括米沙、我和 J。米沙喝了一口茶就放下了茶杯，似乎那茶並不可口，至於人們對莫斯科的議論，他只當作沒有聽見。G 夫人為她的先生幫腔，講起他們在列寧格勒度蜜月的故事，講到停電啊、電梯不工作啊、沒有熱水啊等等等「有趣」的情節，邊說邊笑，似乎那座城市非常的好笑。米沙面無表情，只說了一個詞，「聖彼得堡」，聲音低沉。G 氏夫婦也好像沒有聽到，繼續說著在列寧格勒遇到的各種「趣事」，嘻嘻哈哈，樂不可支。米沙還是面無表情，又說了一次，「聖彼得堡」，聲音也還是低沉。拉雅終於聽到了，漫不經心地掃了一眼米沙，繼續加入眾人的說笑。

　　J 用非常清晰的聲音告訴 D 先生，我們計畫二〇一三年的六月到聖彼得堡和莫斯科去，大家被吸引，紛紛詢問有關旅行計畫的細節。J 便很有耐心地解釋紐約大都會博物館所安排的參觀著名博物館、著名藏品的行程，「最重要的，有兩位俄羅斯藝術史專家帶路，這樣就不會有太多的遺珠之憾。」終於，人們靜默下來，我注意到米沙表情平靜的臉上滿含著笑意的眼睛。G 夫人因為 J 提到了紐約，便不失時機地講到對紐約市的觀感，都是些「步調太快、太複雜、亂七八糟」等等尋常遊客的論調。我可沒有米沙的含蓄，馬上以紐約人的坦率直接告訴她，「您得在曼哈頓住些日子，才能感覺到這個偉大的城市的千般美好。」G 夫人大驚，「您是紐約人嗎？您不是用中文寫作的嗎？」J 大笑，「不錯，她是紐約人，她用中文寫作。」米沙居然接腔，「她還熟悉萊蒙托夫。」笑容頗為得意。G 夫人尷尬起來，我便

和顏悅色地跟她說，「中學六年的俄文課程讓我更親近俄羅斯文學。明年六月俄羅斯的旅行結束以後，我們很可能順道走訪芬蘭。」氣氛重新溫煦起來，在一片「歡迎」聲中，我們走進餐廳，感恩節晚宴就要開場了。

漢娜指揮大家就坐，米沙幫我拉開椅子，順便悄聲問道，「你們真的要到俄國去嗎？不只是為我解圍吧？」待我坐定，他便繞到我對面，在漢娜為他指定的位子上坐了下來。我們兩人中間的桌面上只有一盆蔓越橘醬，很方便說話的。我便很鄭重地跟他說，我們嚮往這兩個不凡的城市已經好久了，尤其是聖彼得堡，很希望能夠在那裡多住幾天。J 也很肯定地跟他說，許多重要的藝術品的圖錄在我們家的茶几上已經很久了，藝術畫冊很美，但是看到真品會有完全不同的感受。米沙心境大好，連連表示：太好了，好極了。

男主人 D 發表感恩節禱詞，說是傳承自他自己的父親，極為簡短，「感謝老天，讓我們吃個痛快！」此時，G 氏夫妻已經拿起刀叉開動了，大概在他們的心目中，這個感恩節並非聖誕、新年、復活節之類普世慶祝的節日，而只是屬於美國這個「新大陸」的一個怪怪的吃火雞的日子，與他們這些「歐洲人」並沒有什麼關係。坐在對面的米沙卻專心地聽著這短得不能再短、戲謔多於誠摯的祝禱，靜坐片刻，在胸前畫了十字，這才優雅地抖開餐巾，拿起刀叉，對付盤中的烤火雞、起司烤菠菜、水煮玉米粒、水煮番薯。我悄悄跟他說，放些蔓越橘醬在火雞上，比較好吃。我咬住舌頭沒有說出「比較容易下嚥」。J 輕聲咳嗽，然後高聲讚美漢娜的廚藝、感謝主人的盛情、感謝有機會與在座各位朋友歡度佳節。大家吃的吃喝的喝，口齒不清地附和著，只有米沙放下刀叉，舉起盛著白葡萄酒的酒杯，跟 J 輕輕碰杯，眼睛裡滿是溫暖的笑意。

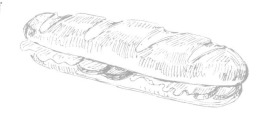

忽然之間，坐在米沙右手邊的 X 夫人發起言來。這一對夫妻在這個晚上幾乎還沒有正式發表過任何議論，都是或點頭或搖頭跟著別人說笑。我只知道 X 先生是芬蘭外交官，現在，他坐在我的右手邊用熱切的眼光鼓勵著坐在斜對面的夫人。這位 X 夫人據說在華府的芬蘭僑民社區教授芬蘭文，她一開口，我就明白了她甚少發言的原因，那濃重的口音讓我在開始的半分鐘裡很難明瞭她究竟在說些什麼。發現所有的人都在努力了解她所說的英文，她倒是慢慢鎮靜下來，話也講得比較清楚了。其實，她所講的故事並沒有太過複雜之處，她講的是一個讓所有在場的芬蘭人都十分驕傲的故事。

　　話說 X 家的公子在三年前跟隨父母來到華府，進入一所高中，在二年級就讀。班上將有近三十名學生，X 公子與另外一個學生是「外來者」，其他都是土生土長的美國孩子，雖然他們的膚色「真是什麼顏色都有」。我注意到，J 的眉頭已經皺起來了。

　　這另外一個學生，是先天殘障的孩子，「生下來就缺手斷腳」，X 夫人一臉悲戚，「他出生在庫班，母親生下他，看他不好，就把他遺棄了，獨自離開了醫院。溜走了！」漢娜、拉雅、G 夫人都滿面驚恐噢地一聲大呼小叫起來。米沙臉色凝重，放下刀叉，端起酒杯，喝了一小口就放下了。我想，他已經猜到，這個有關庫班男孩的故事對他這個俄國人來講不怎麼容易消受了，他正在積聚力量，讓自己保持著鎮定、平靜、合乎禮儀的態度。

　　「孩子總算幸運，在設備簡陋的孤兒院念到初中畢業，難為他，成績還算不錯。」X 夫人喘了一口大氣，「這孩子終於被一對美國夫妻領養，來到了華府。」X 夫人繼續，這時候，沒有人吃東西了，大家端著酒杯或是水杯全神貫注聽下文，X 先生露出十分滿意的神情，手指輕彈著玻璃杯發出細碎的脆響，給妻子的故事加強著效果。

　　「這庫班男孩和我家孩子都是外來的，英文都馬馬虎虎，在課室裡不怎麼受歡迎，自然而然就成了朋友。你們猜怎麼樣？」X 夫人睜

大眼睛作驚詫狀，再次強調，「我家兒子是唯一待那庫班孩子好的學生，他們就常常在一起，成了好朋友。」然後才效果十足地拋出重點，「因為我家兒子的緣故，那孩子居然就開始學芬蘭文了，不但作了我的學生，而且是最用功的一位！」

噢！好啊！精采！大家拍手頓足。不言不笑的又一次只剩下 J、我、米沙。美國是「外來者」的天堂，我們的兒子在學校裡不知幫助過多少英文暫時不太靈光的同學，那不是新聞。「外來者」在「原住民」裡面找不到朋友只好難兄難弟自己扎堆，那才是新聞。但是，在這個無奇不有的世界上任何事情都可能發生，在某一個中學的某一間課室裡可能就發生了這樣不幸的事情。我們不能說這種偶然是完全不可能出現的，所以只好悶聲不響，不表示意見。讓我感覺驚異的是拉雅，她就坐在米沙的左手邊，她是他的妻子，不可能不知道他內心的感受，怎麼也跟別人一樣笑得很大聲？我看著她挺直的俏麗的鼻子，看著她隨著笑聲晃動著的滿頭金髮；想著，這兩樣東西很可能就像迷住了佩喬林*一樣曾經迷住了青年時代的米沙。看著我的微笑，J 迷惑不已：「想到什麼了？」潛台詞卻是：「有什麼好笑的？」我看著米沙回答：「沒什麼，想到了《當代英雄》而已。」這個時候，我們三個人都微笑起來，是那種會心的，在場的其他人都沒看懂也無暇去了解的微笑。米沙看我一眼，眼神很像一個做錯了事的大男孩，「我和萊蒙托夫一樣，總是覺得俄國人有著與其他民族親密相處的天賦。」語罷微微一笑，笑容裡的苦澀讓我和 J 都感覺到震動，我們互相交換一個眼神，齊心合力想辦法幫助他脫困。

想不到的，X 夫人還有下文，「你們猜，現在，那庫班男孩在哪裡？」她賣了一個關子，面有得色地閉上嘴巴，把問題拋給大家，等著完全「離譜」的回答。我們自然不說什麼，也就是不樂意給她提供

*萊蒙托夫小說《當代英雄》的主角俄國軍官。

借題發揮的機會。大家都不聲不響，善解人意的女主人漢娜便小心詢問：「妳不會是要說這孩子現在在芬蘭吧？」

「妳真是聰明！」X夫婦異口同聲。X先生在一片歡呼聲中講完了這個故事，「這個先天殘疾的孩子現在和我們的兒子都在赫爾辛基大學讀書，是一年級的新鮮人！學芬蘭話、到芬蘭去，真是好到不能再好！」X夫人接腔，「這個聖誕節，我們會回到赫爾辛基度假，這孩子會和我們一道過節！」哇！讚歡聲四起，拉雅舉杯先是和坐在對面的X先生碰杯，然後越過米沙，再和X夫人響亮地碰杯，興奮得滿面紅光。

學費誰來支付？芬蘭昂貴的生活費用誰來支付？想來都要依靠那對充滿愛心的美國夫妻。但是，現在，這個孩子不但離開了祖國更遠離了養父母。芬蘭會比美國更熱情接受先天殘障的「外來者」嗎？我深深懷疑。

正在心思不定的當兒，忽然聽到米沙說話了，字正腔圓。他眼睛看著被十位食客吃剩下的半隻碩大的火雞，「對不起，漢娜，有時候，閑來無事，您也用鹽來醃一些青菜嗎？比方說鮮嫩的小黃瓜？」他微笑著轉頭看著漢娜。

米沙想要改換話題，我們都覺察到了，拉雅皺起了眉頭。漢娜隨口應道，「我有醃好的小黃瓜，你要吃嗎？我去拿來。」米沙馬上接口，「噢，謝謝，我不需要醃黃瓜。我只是想請問，您把那醃黃瓜的鹽水怎麼樣了？」漢娜哈哈大笑，「還能怎麼樣？當然是丟掉了。」米沙微笑，十分誠懇地說，「醃過小黃瓜的鹽水是好東西，在烘烤這隻大鳥的時候，如果均勻地澆上去，效果會更好。」

潛台詞是：如果你懂得這個法子，這隻火雞會好吃很多，就不會剩下這麼一大堆，讓你們從明天開始得吃上一個禮拜的火雞三明治；更深一層的意思則是，妳沒有認真讀過萊蒙托夫，所以妳不會知道這個屬於古老俄羅斯的家常偏方。

餐室裡的空氣尷尬起來，畢竟都在外交界工作多年，也畢竟都是受過良好教育的人，剛才還歡天喜地笑鬧作一團的人們，這個時候都只能尷尬地閉上嘴巴。他們終於後知後覺地意識到，有意無意地漠視了一位俄羅斯人的自尊心是很不合宜的。其中的男士們大約都在飛快地轉動腦筋，希望趕快找到什麼有趣而無傷大雅的話題來扭轉乾坤。

　　唉，自尊心啊，你就是阿基米得想要藉以舉起地球的槓桿啊……。－萊蒙托夫睿智的詩句在腦子裡轟然作響。

　　我與 J 都好整以暇，等待著，只聽得拉雅有點焦急地對著漢娜解釋，「我的丈夫喜歡做菜，常常有些奇怪的念頭。」米沙根本不為所動，他已經做好了一件事情，完成了一件事情，現在正在品嘗淡而無味的葡萄酒，心滿意足。

　　男主人 D 忽然轉頭向我，「Teresa，告訴我們，妳今年有新書出版嗎？」

　　「今年有兩本新書，在年初已經出版。」我被問了一個措手不及，謹慎地閉上嘴巴，不想深談。

　　D 饒有興致，「兩本什麼樣的書？說來聽聽，好吧？」所有的眼睛都轉向我，好像我剛剛從外太空降落到這張餐桌旁。

　　此時此刻，我的新書竟然變成了救命的稻草，倒是始料未及的，「一本長篇小說，一本藏書札記。」我老老實實，用了盡可能短的句子。G 先生馬上跟著問，「都是中文本嗎？有沒有英文本呢？」「沒有。」隨即我馬上轉頭問漢娜，「妳這份蔓越橘醬非常可口，很特別的，裡面好像放了好幾味香草，都有什麼呢？」漢娜很高興，投給我感謝的一瞥，感謝我給她機會從火雞的尷尬中抽出身來，張開嘴巴正要細數這蔓越橘醬的成分，硬生生地住了口。因為這個時候，G 夫人正以高分貝提出一個新的話題，「Book reviews！那妳一定讀了很多很多書了，妳對新科諾貝爾文學獎的獲獎人感覺如何？妳覺得他的作品是當今中文文學的最佳代表嗎？」

當然不是。我的腦子裡馬上浮現出已經逝去的沈從文、史鐵生、木心。仍然在努力耕耘的閻連科、胡發雲、韓少功、李銳……。在自由世界寫作的黃春明、王禎和、朱西甯、楊牧、張大春、林文月、王鼎鈞、齊邦媛、高爾泰、白先勇、朱家姊妹……。

「當然，我看的都是英譯本，妳覺得葛浩文的譯本很貼近原作嗎？」

葛先生的英文當然優美之極。但是，也正是這優美之極的英文掩蓋了原作的瑕疵，掩蓋了原作的「左右逢源」，掩蓋了原作鬆散的結構與文辭的乖張。

「這個人筆下的中國與賽珍珠筆下的中國距離好像並不遙遠，但是時間的推移難道沒有帶來真正的改變嗎？或是陳安娜的翻譯沒有表現出這種改變？」

陳安娜是用功的學者，原作者花八十三天寫的小說，她用了六年來翻譯。但是，「鄉土味兒」無論翻譯得多麼傳神，它都沒有辦法讓一些文字成為「最佳的理想傾向的作品」。原作所傳達的人文關懷過於稀薄。二十一世紀的中國農村與賽珍珠筆下的中國農村有著不同的景觀，農民與土地的關係出現了新的危機，對於這樣的前所未有的深刻危機，我們並沒有從原作者的書寫中得到更清晰的了解。

「二十世紀四〇年代的中國女人還在纏足嗎？」

在貧窮落後的地區，在教育沒有真正普及的地區，女人纏足。我家的褓姆是河北省三合縣人，纏足，兩隻小腳錐子似的。在五〇和六〇年代的北京，她就那麼顛著兩隻小腳上街買菜，下廚燒飯，屋裡屋外灑掃清潔，從早忙到晚。這位李大媽一個大字不識，人卻極為仗義。文革一起，家家有難，卻鮮少聽得褓姆落井下石的。這善心的女子，可不知後來怎麼樣了呢？

「那酷刑是怎麼回事？那是可能的嗎？一個人難道能夠真的被豎著掛在那裡兩三天而不死嗎？那作者是從哪裡得到靈感的？關於那本

特別討論酷刑的書只是聽說，看過的是一個燒酒師傅被剝皮的故事，叫做《紅高粱》的。為什麼這位作者喜歡酷刑？一寫再寫呢？」

我感覺非常的無力。我對酷刑毫無興趣，對任何的暴力，無論是語言上的還是行動上的都有著深切的反感。我不是醫生，不知人類是否能夠經受「檀香刑」的折磨而不會立即斃命。但是我知道，剝皮之類的酷刑是中國的特產，與大和民族並沒有關聯，一定要用這樣悲慘的情節來賦予小說愛國主義與民族主義的「大義」只是作者的淺薄與功利而已。

「為什麼書裡有哪麼多罵人的話？是文化使然嗎？」

我感覺非常的沮喪。陳安娜在被媒體問到翻譯之難的時候，也曾經表示，她個人完全不會罵人，罵人的語彙非常少，面對如此花樣翻新的對人的詛咒，她感覺相當困難。小說的語言為什麼一定要充斥著這樣的語彙才算過癮呢？我總是無法理解某些作者奇特的癖好。我也總是記得君特‧葛拉斯（Gunter Grass）曾經那樣沉重地告訴世人，對德語最大的戕害是納粹的崛起。殘暴的政治污染了原本優雅、純淨的語言。同時被毒害的當然還有文化。

我感覺非常的心酸，這樣一個苦出身的作者，在成長的歲月裡，沒有見過好東西。自己國家的文學經典被打翻在地，被肆意踐踏。世界文學經典又無法進入國門，基本上無法接觸到。等到局勢有所改變，已經老大不小，惰性已經成為習慣，而吸收與消化的能力又相當的有限。

最最重要的，我現在面對的是一批自由人，他們從呱呱墜地之時起，就是自由的，可以學習他們希望知道的任何知識，可以對世間萬物提出質疑。他們不知道什麼是禁錮，什麼是扭曲，什麼是生不如死。我在一個極短的時間裡感覺到無論什麼樣的語言都無法真正縮短我與他們之間遙遠的距離。

一向伶牙俐齒，從不畏懼任何挑戰的我，到了這個時候，卻失語

了。

　　就在這個間歇中，我忽然聽到了 X 夫人與 J 的對話。

　　「拼音？妳是說拼音？妳是在說，中文已經用拼音代替了方塊字？」這是 J 在發問。他不苟言笑，直視著笑容滿面的 X 夫人。

　　「噢，是這樣子，現在學中文不是很時髦嗎？我的小外孫也在學中文，我們就請那位老師來家裡吃飯。他原來在北京的師範學院教書，對文字的沿革很有研究呢。他就說，不要擔心方塊字太難，現在都用拼音了，學會了拼音，就學會了中文。」X 夫人甚至用雙手做出敲鍵的動作，「也就是說，以後，習慣拼音文字的西方人不需要再靠翻譯就能夠接觸中文文學了，就好像我們芬蘭人閱讀德語文學並不需要翻譯一樣，有一本字典就行了。這不是好消息嗎？」X 夫人一臉無辜。X 先生臉上露出勝利的微笑。

　　「中國文學是方塊字的藝術，而且是傳統方塊字的藝術。您家小外孫的那位『老師』恐怕並不真的識字，所以才會說出這麼沒有常識的話來。如果他只認得簡化字，要想閱讀中國經典文學，他自己確實需要一本好字典，才能由簡體字進步到正體字。」J 寸步不讓，理直氣壯地將 X 夫人逼進一個她全然無法招架的境地。X 先生的笑容也僵在了臉上。

　　J 完全沒有見好就收的意思，他也做出敲鍵的手勢，「拼音敲出的只是語音，同一組拼音，微軟會給你幾十個、上百個方塊字，請問您要選擇哪一個？每一個字有著完全不一樣的意思，每一個字與別的字合成不同的詞彙又表達出不同的意思，其中的排列組合千變萬化，其中的差別極其微妙。這就是中國傳統方塊字最複雜、最精采、最迷人的地方。您家小外孫的那位『老師』沒有告訴過您嗎？」重鎚之下，舉座鴉雀無聲。直到這個時候，漢娜才有了機會細數那盤蔓越橘醬的成分。大家都瞪視著這盤暗紅色的醬汁，指望著這盤東西扭轉有著一點火藥味的氣氛。

X 夫人看著她的先生，眼睛裡有著求救的成分，X 先生轉過頭去，沒有理睬，甚至有一點不耐煩，面無表情的潛台詞可能就是：「妳要是不知道答案，就不要提出話題。」很有些批評的意味在裡面了。

　　就在勉為其難的關於食譜的討論聲中，米沙情緒很好地輕聲詠歎：「……騎馬奔向原野，我多麼喜歡騎著烈馬馳騁在高草地，迎著荒野來的風，貪心地吞嚥芬芳的空氣。……湛藍的遠方、蒼茫的景物，分分秒秒變得清晰。無論心裡疊著多少憂傷，無論腦中悶著多少愁煩，轉瞬間煙消雲散。」然後，他舉起水杯，意味深長地與我們兩人輕輕碰杯。我微笑，「你譯得真好。」米沙笑得迷人，「非關語言，完全是情感，萊蒙托夫就在心裡。」J 深深點頭。

　　我不失時機發出邀請，「聖誕節家庭團圓，除夕夜好不好呢？我們請賢伉儷來家裡吃飯、喝酒，迎接新年。」米沙睜大了眼睛。

　　我清楚說明，「吃俄國菜、喝伏特加。」米沙喜出望外，隔著桌子與我大聲擊掌訂約。

　　此時此刻不知是哪一位提到用伏特加酒泡梅子，米沙根本沒有聽進去，我想他已經一心一意要與我們一道送舊迎新。

　　「喝了酒不可以開車，所以，你和拉雅都要帶上盥洗小包，在我們家客房睡幾個鐘頭。新年之始，賢伉儷須得喝了早茶才能駕車回府，以策安全。」J 接了上來。米沙眉開眼笑，「遵命。」

　　拉雅插了進來，「什麼事這麼高興？」於是 J 再次發出邀請，拉雅沒有太多異議，只是閑閑一句，「俄國菜蠻重的……」。我馬上反應過來，「加一個西班牙海鮮燴飯。」好極了！拉雅欣然同意。米沙如釋重負，誇張地做出舉手抹汗的手勢。我們都笑了起來。

　　終於，到了告別的時候，大家都一團和氣

千言萬語祝福著彼此祝福著整個世界。米沙和我們站在 D 家大門外，一派輕鬆地耐心等待著拉雅結束芬蘭人之間的馬拉松告別式。順便，他跟我們談到了一段歷史，第二次世界大戰之前，斯大林侵吞了大片的芬蘭領土。成千上萬的芬蘭家庭連根拔起，不得不背井離鄉，向西部、北部遷移。「很慘，非常慘！」米沙語氣沉重，「所以開俄國的玩笑，取笑俄國人是芬蘭人聊天的常態，並沒有惡意。」米沙對我們解釋。此時，夜風冷冽，捲起散落在地的枯葉，發出颯颯的輕響。

　　車子行進在回家的路上，我的腦子裡滿是妻離子散的遷徙場景，心緒沉重。J 瞧瞧我，「有些錯誤幾乎是無法改正的，今天若是將那一大片土地還給芬蘭，無數的俄羅斯家庭必須東遷、南遷，人類歷史上將再一次出現被迫的大遷徙，連根拔起、背井離鄉、妻離子散，家破人亡……。芬蘭政府與老百姓都不願帶給俄國人這樣的不幸，於是只好維持現狀。」

　　無數條靜靜的河水都來自飛騰而下的瀑布，但是沒有一條河在入海之前還是洶湧澎湃的。萊蒙托夫早就告訴了我們。此時此刻，夜風不再那般涼得沁人，帶上了一分暖意，這好像是又一個暖冬呢。

細說烹調

　　俄羅斯在凱薩琳大帝時代全面接受西歐尤其是法蘭西文化的影響，皇室成員與貴族們自幼同時學習俄文與法文。法國的文學、藝術、音樂、繪畫，以及時尚與美食浩浩蕩蕩進入俄羅斯，扎下根來，得到極好的傳承與發展。

　　俄羅斯版圖巨大，民族眾多，不同民族不但語言文化有異，飲食

已經裝盤之蟹肉沙拉

習慣也不盡相同，於是又出現許多有特色的菜餚，下面我們就來試舉幾例。

一、**鮮蟹沙拉（*Crab Salad*）**

　　所需要的材料：包心菜細絲（半市斤／二百五十公克／九盎司），一罐烏克蘭 charka 蟹肉（二百五十公克／九盎司。湯汁極為鮮美，千萬不要丟掉），半杯美乃滋（一百公克／三又四分之三盎司，有的美乃滋也有鹹味，如果手中的美乃滋是鹹的，這道沙拉就不要放鹽，或少放鹽，千萬留意，整道菜不要太鹹），鹽（有些罐裝蟹肉已經有鹹味，完全不必加鹽。如果手中的蟹肉只有鮮味完全不鹹，那麼可以用一點點鹽來調味，不要超過四分之一茶匙，以芙蓉細鹽為上選），兩湯匙切碎之西洋芹。

　　作法：

1. 將包心菜切成細絲，挑揀出硬硬的部分留做日後醃漬或做他用。將柔軟的半市斤的包心菜絲放進一隻大盆。用滾沸的開水澆上去，淹沒菜絲即可。

2. 包心菜絲在滾水中浸泡兩、三分鐘之後，瀝乾，用雙手擠壓，盡可能去除水分，然後放進一隻乾淨的大盆，放涼，備用。

3. 包心菜絲已經涼了，放進蟹肉及其湯汁，用筷子輕輕攪拌。再放進美乃滋，輕輕攪拌。最後，嘗嘗看，若是過於清淡，再放進細鹽調味。裝盤。

4. 在已經準備好的蟹肉沙拉上，灑上切碎的西洋芹。這一盤色香味俱全的特色沙拉就可以上桌了。

烏克蘭出產的罐裝蟹肉號稱世界第一，極其鮮美，價格也十分高昂。這道菜如果能夠取得烏克蘭蟹肉，那自然是會得到全體食客的同聲讚美，如若手邊只有別的產地的蟹肉，也無妨，這道沙拉仍然美味。與這盤沙拉搭配的最佳食品是麵包，法式或者義式的「棍子麵包」最佳。

二、烏克蘭羅宋湯（*Ukrainian Borscht*）

羅宋湯，顧名思義有著強烈的俄羅斯風格，在酷寒的北方實在是深得人心的一味濃湯。但是在溫暖的台灣，比較溫和的烏克蘭湯品就更合適一些。

所需要的材料：四、五粒甜菜根（beets），一根胡蘿蔔，一小棵芹菜（以體態苗條者為上選），一粒小洋蔥，一小顆紅色包心菜，兩粒馬鈴薯，一隻紅椒，半隻檸檬的果汁，三百公克／十一盎司已經煮熟的牛肉，四、五湯匙植物油，兩湯匙番茄醬（paste），六又四分之一杯牛肉高湯，三、四瓣大蒜，五十公克／兩盎司鹹豬肉之油脂（也

可以使用義大利火腿之比較肥美的部分），一湯匙白糖，鹽（蒜鹽或者灰鹽都很好）。

作法：

可以提前燉牛肉，整塊牛肉或牛腩丟在鍋裡，用清水熬煮，燉好的牛肉與高湯便是做這味羅宋湯的材料，在時間與食材兩個方面都相當經濟。

1. 粗粗切碎甜菜根、胡蘿蔔、芹菜。洋蔥切丁。包心菜切絲。
2. 馬鈴薯去皮切成小小的滾刀塊，紅椒去籽去梗切絲，用手擠出半隻檸檬的果汁，將已經煮好的牛肉切成小塊。
3. 在中火上，架設一隻大號平底深鍋，待油熱，投入甜菜、胡蘿

著名的義大利北部的果醋 Wine Vinegar，醃漬小黃瓜不可或缺。

蔔、芹菜、洋蔥、包心菜，翻炒十分鐘。

　　4. 在鍋裡加入馬鈴薯、番茄醬、一半的牛肉高湯，待其滾沸，轉為中小火，熬煮十五分鐘。加入紅椒，加入剩餘高湯，再繼續熬煮五～十分鐘。到了這個時候，蔬菜在高湯中已經燉好了，清香撲鼻。

　　5. 熬煮蔬菜的時候，將已經切碎的大蒜與肥油放進一個研磨缽裡，將其研磨在一起。台灣製作的大理石研磨缽極為好用，是每一位大廚不可或缺的好幫手。

　　6. 將早已燉好、切好的小塊牛肉投進湯鍋，待其滾沸，熄火。將湯鍋留在已經熄火的火口上，加入檸檬汁、白糖、大蒜肥油，徹底攪拌。主廚這時候要稍稍品嘗一下，如果湯品仍然需要調味，便加一點鹽，不要超過半茶匙。

羅宋湯最佳搭配是鬆軟的麵包卷或者「可頌」。因為燉煮牛肉，因為熬湯，廚房裡已經熱呼呼、暖洋洋。如果此時窗外風聲大作、冷雨傾盆。家人圍坐桌邊，或者三五好友相聚，這道熱湯可是非常貼心的。

三、*醃漬小黃瓜*（*Salted Cucumbers*）

　　所需要的材料：一公斤／兩市斤／二又四分之一磅小黃瓜，十片黑醋栗葉（blackcurrant leaves），十瓣大蒜，三～四枝蒔蘿（如果正在開花，更好），一～兩片月桂葉，切碎之五十公克／兩盎司新鮮山葵（horseradish），二十粒黑胡椒。

　　醃料部分：四杯水（一千毫升），半茶匙果醋（red or white wine vinegar），三湯匙鹽（「可食鹽」就很好）。

　　作法：

　　1. 準備醃漬汁，將水、醋、鹽煮到滾沸，移下火口，放涼，備用。

2. 如果黃瓜比較粗大，切成細條即可。如果黃瓜十分苗條，在黃瓜上面用叉子戳許多小洞，令其比較容易入味即可。

3. 將黃瓜放入玻璃器皿或者瓷罈，同時放進去的還有黑醋栗葉、大蒜、蒔蘿、月桂葉、山葵、黑胡椒。將這些佐料均勻放置在黃瓜之間。

4. 將醃漬汁注入裝好小黃瓜的器皿。密封。在室溫下放置五～六個小時，然後放進冰箱兩三個星期。大功告成，醃黃瓜可以吃了。

按照俄國人的習慣，這醃黃瓜要有兩三味食材作伴，才會精采。一味是用一點檸檬汁調味的 smetana，不是偉大的音樂家斯美唐納（Bedoich Smetana），而是 sour cream，酸奶油。再來便是透明的蜂蜜。當然還有烈酒伏特加。從盤中拎起一塊小黃瓜，蘸一點酸奶油，再蘸一點蜂蜜，咬一口黃瓜，喝一口伏特加。那是怎樣一種好滋味，只有親自嘗過才會知道！

將醃過黃瓜的鹽水過濾，丟掉佐料，只保存那極其有味的鹽水。烤雞、烤鴨、烤鵝、烤火雞都可以派上用場，禽類在這種鹽水的催化下會變得格外鮮嫩多汁。

四、燉山珍（*Venison Ragout*）

所謂 venison，在俄國仍然可以獵熊的年代，指的是熊肉並非鹿肉。如今，在美國一些地方仍然可以獵鹿，於是這道菜便是燉鹿肉了。在我住的北維州不但沒有熊，也不可以獵殺野鹿，連野兔都沒有人碰，讓牠們歡歡喜喜在我們的草坪上蹦蹦跳跳。所以，我燒這道菜用的是牛肉，與山珍毫無關係。但是這張來自俄羅斯的食譜卻是貨真價實，講的是燉熊肉的法子。

已經可以上桌的西班牙海鮮燴飯

　　所需要的材料：六百公克 ／ 一磅六盎司肉類（熊肉、鹿肉，或者牛肉），兩粒洋蔥，五百公克 ／ 一市斤蕪菁或蘿蔔，五～六粒柏樹或者杜松之莓果（juniper berries），三湯匙黃油，一塊牛肉高湯精（bouillon），四～五湯匙番茄醬，一湯匙普通麵粉，兩～三片月桂葉，四～五粒黑胡椒，兩杯水（五百毫升），一又四分之一杯奶油（heavy cream），調味所需鹽與黑胡椒（以塞浦路斯黑鹽為最妙）。

　　作法：

　　1. 將肉類切成小塊，洋蔥切丁，蘿蔔切小塊，搗碎莓果，備用。

　　2. 在中火上，在一隻深鍋或者 Dutch oven 裡，加熱黃油，煎黃肉塊，需時十分鐘。

　　3. 在鍋內加入洋蔥，翻炒三～五分鐘。加入蘿蔔，翻炒五分鐘。加入牛肉高湯精和番茄醬，攪拌均勻。

　　4. 在鍋內均勻灑入麵粉，充分攪拌一分鐘。加入莓果、月桂葉、胡椒粒、水，充分攪拌。待鍋中物滾沸，轉成中～小火，加蓋，燜煮一個半小時。

5. 在鍋內加入奶油，輕輕攪拌，續煮十分鐘。主廚可以嘗嘗味道，決定加多少鹽與胡椒調味。趁熱裝盤，上桌。

這道菜與醃漬蘑菇、馬鈴薯泥是好搭檔。
如果，閣下真的有熊肉在手，燉煮的時間則需要再延長一個半小時。

五、西班牙海鮮燴飯（*Seafood Paella*）

所需要的廚具：一隻直徑十三英吋以上的 Paella 平鍋，或者一隻大號 Dutch oven。

所需要的材料：

五湯匙橄欖油、半磅花枝、一罐（十四‧五盎司）切碎之番茄

製作西班牙海鮮燴飯：蕃茄用罐裝的仍然鮮美可口，冰凍碗豆在室溫下解凍，同樣可口。

（diced tomato），六盎司冰凍豌豆，一粒切成塊的紅椒，一粒切成丁的白色洋蔥，兩茶匙蒜蓉，一又二分之一杯米（Arborio or Carnaroli 米，產地義大利或西班牙），四杯（一千毫升）海鮮高湯，五～六根番紅花（saffron），四分之一茶匙甜紅椒粉（產地匈牙利之 paprika 為上選），半杯不甜的白葡萄酒（dry white wine），半茶匙海鹽（番紅花調味鹽為上選）與四分之一茶匙現磨黑胡椒，半茶匙檸檬汁，十二粒新鮮大干貝，十二隻紫黑色貽貝（又名淡菜或青口），十二粒蛤蠣，十二隻大蝦（去頭、去殼），幾根香菜。

作法：

1. 開中火，熱油，煎花枝，需時一～兩分鐘，將花枝裝盤備用。

2. 煎紅椒，一分鐘，同花枝一道裝盤備用。

3. 轉成中～小火，炒洋蔥，需時五分鐘。洋蔥留在鍋內。

4. 在鍋內加入蒜蓉、蕃茄、米，輕輕攪拌均勻。

5. 加入高湯，轉成中～大火，令鍋中物滾沸。

6. 轉成中～小火，加入豌豆、番紅花、紅椒粉、葡萄酒、鹽和胡椒、檸檬汁。熬煮二十分鐘，不斷輕輕攪拌。

7. 加入干貝、貽貝、蛤蠣、大蝦、花枝、紅椒。烤箱預熱華氏三百七十五度，攝氏一百九十度。

8. 將整個鍋子放進烤箱，烘烤十分鐘。看一下，蛤蠣與貽貝是不是已經張開了，如果還是密合的，再接著烤五分鐘。

9. 將整個鍋子放在流理台隔熱墊上，蓋上乾淨的廚巾，休息十五分鐘，裝盤，以香菜做裝飾。

如果使用 paella 平鍋，可以就這樣上桌，非常美觀。在西班牙的傳統節日裡，這道菜是不可或缺的。

這道菜在餐館裡是會被簡化的，所以自己動手來做，絕對討喜。海鮮最好是當天買。蛤蠣與貽貝泡在放了鹽的冷水中可以保持鮮活好幾個

小時。準備材料時，用小刷子刷掉外殼上的細沙，也是不可省略的手續。

前圖：1910年的攝影《德爾斐阿波羅神殿》。底圖：作者於1996年攝於希臘伯羅奔尼撒半島東北角古代希臘小城Epidaurus，此地有整個希臘保存最為完好的露天古劇場，創建於公元前三世紀，完成於公元前二世紀，可以容納一萬二千五百位觀眾。

第一幕布景：倫敦西區半月街亞吉能寓所的起居室，布置豪華而高雅。鄰室傳來鋼琴聲。

（老林正把下午茶點端上桌來。鋼琴聲止，亞吉能上。）

……

亞吉能：對了，說到生活技巧，巴夫人要的黃瓜三明治你為她切好了沒有？

老林：好了，先生。（遞上一盤黃瓜三明治。）

亞吉能：（檢查一下，取了兩塊，坐在沙發上。）……

……

（傑克入內）

亞吉能：希洛普縣你那一帶有好鄰居嗎？

傑克：全糟透了！從來不理他們。

亞吉能：那你一定讓他們開心死了！（趨前取三明治。）……

……

（傑克伸手取三明治。亞吉能阻止。）

亞吉能：請你別碰三明治。人家是特為歐姨媽預備的。（自己取食一塊。）

傑克：哼，你自己可是吃個不停。

亞吉能：那又另當別論。她是我的姨媽。（抽開盤子。）

……

（巴夫人、關多琳來訪）

巴夫人：真抱歉我們來晚了一點，阿吉，可是我不能不去探望哈夫人。自從她死了可憐的丈夫，我一直還沒有去過她家呢。從沒見過一個女人變得這麼厲害；看起來她足足年輕了二十歲。現在我要喝杯茶，還有你答應了我的那種好吃的黃瓜三明治，也來一塊。

亞吉能：沒問題，歐姨媽。（走向茶點桌子。）

巴夫人：坐過來吧，關多琳。

關多琳：不要了，媽，我在這兒很舒服。

亞吉能：（端起空盤，大吃一驚。）天哪！老林！怎麼沒有黃瓜三明治呢？我特地叫你準備的呀。

老林：（正色的說。）先生，今早菜場上沒有黃瓜。我去過兩趟了。

——節錄自王爾德《不可兒戲》（*The Importance of Being Earnest*）
引用自余光中翻譯《不可兒戲》，九歌，2012年。

捨不得寫完的一本書

後記

　　我們都不會忘記《查令十字路 84 號》這部電影。在電影裡，我們都喜歡的安東尼‧霍普金斯（Anthony Hopkins）扮演老倫敦的書商法蘭克。那樣一位拘謹、有禮的紳士，那樣專業的愛書人。

　　我們也不會忘記，在書籍與手工信件之外，還有食物與餐桌。法蘭克與妻子對面坐下吃晚餐，兩人相對已然沒有太多的話可說，於是法蘭克讚美食物，讚美妻子的好心與廚藝，"Very nice, Very tasty."，妻子聽在耳中，心裡不是滋味，但又無法發作。對面坐著的這位紳士是自己結縭幾十年的丈夫，彬彬有禮，無可指謫。但是他在內心裡卻在盼望著來自紐約的信件，來自一個女人的信件；那種機智的、幽默的、有趣的文字，自己是無論如何寫不出來的。妻子有自知之明，卻也覺得委屈，一絲絲的嫉妒也在悄悄地萌生著……。這便是電影對文學的延伸，合乎情理，於是貼心。

　　何止於此，文學藝術與飲饌之間的關係實在是非同小可。我們當然知道普魯斯特的瑪德琳小蛋糕，知道王爾德的三明治，知道萊蒙托夫的高加索醃漬與炭烤……。我們期待著那許多的文學奇蹟再現，於是逆向操作，希望那食物的香芬會讓我們更加親近文學帶來的諸般滋味。

　　但是，當我們興致勃勃按照「正宗」的食譜來演練的時候，卻訝異地發現，完全不是那麼一回事！我們做出來的東西和書中所描寫的和我們曾經吃到過的完全不同，不但滋味差，連樣子也不對！唯一的辦法是靜下心來，以科學的態度對待之，勤做實驗。

　　在所有的烹飪書籍裡，最為缺乏的便是對「鹽」的研究。於是這便成為一個起始。

　　在這本書寫完的時候，我在家中請客吃飯，餐桌上擺放了四種調

味鹽：太平洋細鹽、法國灰鹽、大茴香調味鹽，以及日本黑鹽，來搭配這一晚的各式海鮮。舉座飽學之士，多數客人對於美食頗有研究，對於這幾種「鹽」卻各有懷抱。這就讓我明白此一研究正當時，無論在東方還是西方。

在我的經驗裡，巴黎麗池酒店提供的金字印刷的食譜絕對賞心悅目，但是，那是用來欣賞的藝術品，絕非實戰手冊。想想看吧，如果大家的廚房都能製作同樣等級的點心，為什麼非去麗池不可？念及此，豁然開朗，決心自我挑戰，變廚房為實驗室。好在這一決定獲得J的熱情支持，於是這演練就有了許多的趣味。

單單一款斯岡（scone）就大費周折，麗池的斯岡供不應求，現做現吃沒有存糧，食譜上的牛奶應該並無問題。但是我們這本書的讀者是要在自家廚房裡動手來做的，也希望著第二天甚至第三天，那斯岡仍然鬆軟可口。試驗結果，牛奶不成，鬆軟度消失得極快。連減少了油脂的奶油也不夠理想，最後換成純正的奶油，這斯岡才有了樣子。多少奶油才合適呢？從半杯加到四分之三杯加到整整一杯，這才成功。

瑪德琳（madeleine）的問題複雜，單麵粉一項就從普通麵粉換到點心麵粉，最後才選定自動發酵麵粉。其份量也幾經實驗，最後敲定一杯麵粉恰恰好。油脂的部分更是難以掌握，奶油太濃，牛奶又過於稀薄，選定酸奶油，並且將份量從四分之三杯減少到半杯減少到四分之一杯，這樣，這瑪德琳不但樣子對了，滋味也對了。就在寫這篇〈後記〉的時候，感覺口渴上樓去沖一杯咖啡，聽到公眾廣播電台兩位播音員的對話。其中一位剛剛從巴黎度假回來，他笑說在麗池沒有能夠吃到瑪德琳，因為那麵糊須得放在冰箱過夜；不幸的是，這一天麗池有一場空前的盛大婚宴，導致前一個晚上廚房的冰箱內容過於擁擠，不得不減少瑪德琳麵糊所佔的位置，結果便是這一天麗池的下午茶時間瑪德琳小蛋糕竟然供不應求……。聽到這裡，我呆住了，原來，那麵糊需要在冰箱過夜！任何的烘焙寶典都沒有提到這件事！或

者，這便是麗池的祕密武器，或者，只是麗池烘培流程的一部分，只是為了減少當日作業的壓力而已。無論如何，只有試過才知道。於是我跟 J 說，請他預備檸檬皮屑與果汁，他歡心鼓舞，「噢，下午茶有瑪德琳！」我回答，「不是今天，明天才有得吃。」

當然，更困難的是久遠的食譜，比方說文藝復興時期的食譜，代代相傳，早已走樣。所需材料更不精準。在這樣的情形之下，也只有不斷地實驗，才能使得食譜真正可靠。在製作可口「錢袋」的時候，我用古法來製作麵糰，效果很好，做出來的成品比現代倫敦莎士比亞劇場所提供的更加美味可口。有了這樣的成績，感覺上似乎回到五百年前，回到莎士比亞的時代，時間與空間的距離瞬間消失。

閱讀、欣賞、對話與實驗使得這本書不斷豐富，不斷再現不同時代與不同地域的種種輝煌。

身為寫手，時時處在挑戰中，感覺十分快意，十分豐足。甚至，捨不得寫完，捨不得寫下最後的一個句號……

四百年前的作品。餐桌中央，粗大錫台之上，正是鹽，晶瑩的「石塊」，歡宴不可或缺的調味品。

100台北市重慶南路一段37號

臺灣商務印書館　收

對摺寄回，謝謝！

傳統現代　並翼而翔

Flying with the wings of tradtion and modernity.

讀者回函卡

感謝您對本館的支持，為加強對您的服務，請填妥此卡，免付郵資寄回，可隨時收到本館最新出版訊息，及享受各種優惠。

■ 姓名：＿＿＿＿＿＿＿＿＿＿＿　性別：□ 男 □ 女

■ 出生日期：＿＿＿＿年＿＿＿＿月＿＿＿＿日

■ 職業：□學生　□公務(含軍警）□家管　□服務　□金融　□製造
　　　　□資訊　□大眾傳播　□自由業　□農漁牧　□退休　□其他

■ 學歷：□高中以下（含高中）□大專　□研究所（含以上）

■ 地址：＿＿＿＿＿＿＿＿＿＿＿＿＿＿＿＿＿
　　　　＿＿＿＿＿＿＿＿＿＿＿＿＿＿＿＿＿

■ 電話：(H) ＿＿＿＿＿＿＿＿　(O) ＿＿＿＿＿＿＿＿

■ E-mail：＿＿＿＿＿＿＿＿＿＿＿＿＿＿＿

■ 購買書名：＿＿＿＿＿＿＿＿＿＿＿＿＿＿＿

■ 您從何處得知本書？
　　　□網路　□DM廣告　□報紙廣告　□報紙專欄　□傳單
　　　□書店　□親友介紹　□電視廣播　□雜誌廣告　□其他

■ 您喜歡閱讀哪一類別的書籍？
　　　□哲學‧宗教　□藝術‧心靈　□人文‧科普　□商業‧投資
　　　□社會‧文化　□親子‧學習　□生活‧休閒　□醫學‧養生
　　　□文學‧小說　□歷史‧傳記

■ 您對本書的意見？（A/滿意　B/尚可　C/須改進）
　　　內容＿＿＿＿＿＿編輯＿＿＿＿校對＿＿＿＿翻譯＿＿＿＿
　　　封面設計＿＿＿＿價格＿＿＿＿其他＿＿＿＿＿＿＿＿

■ 您的建議：＿＿＿＿＿＿＿＿＿＿＿＿＿＿＿＿

※ 歡迎您隨時至本館網路書店發表書評及留下任何意見

臺灣商務印書館　The Commercial Press, Ltd.

台北市100重慶南路一段三十七號　電話：(02)23115538
讀者服務專線：0800056196　傳真：(02)23710274
郵撥：0000165-1號　E-mail：ecptw@cptw.com.tw
網路書店網址：http://www.cptw.com.tw　部落格：http://blog.yam.com/ecptw
臉書：http://facebook.com/ecptw